P. Cothias A. Juillard

DER HEXENJÄGER

EDITION
comicArt
IM CARLSEN VERLAG

EDITION COMIC ART im Carlsen Verlag
Lektorat: Andreas C. Knigge
1. Auflage 1989

Aus dem Französischen von Antoinette Gittinger
HYRONIMUS

Lettering: Gerhard Förster

07048901 · ISBN 3-551-02584-3

2. MAI 1610, IM HOCHLAND DER AUVERGNE...
EUER MASKIERTER „FALKE" HAT DA GENISTET, DOCH ER IST AUSGEFLOGEN... JEMAND HAT IHN AUFGESCHRECKT.
IHR SEID NICHT MEHR DER EINZIGE FEIND DES DÄMONEN!
DER FALKE GEHÖRT MIR, TAILLEFER! MIR, THIBAUD DE BRUANTFOU, DER SICH NICHT UM SEINE RACHE BRINGEN LÄSST.
KKRAAK!
?
AH, ZUM HENKER!
HINTERHER! FANGT MIR DIESE VAGABUNDIN!
ABER WESHALB, MONSIEUR? DIESES MÄDCHEN HAT DAS RECHT, HIER ZU SEIN... WIR SIND AUF DEM LAND IHRES VATERS!
DIESES MÄDCHEN STECKT SEINE NASE IN ALLES. SIE HAT GESEHEN, WAS PASSIERT IST...
?!
EEEEEEEEEEEEK

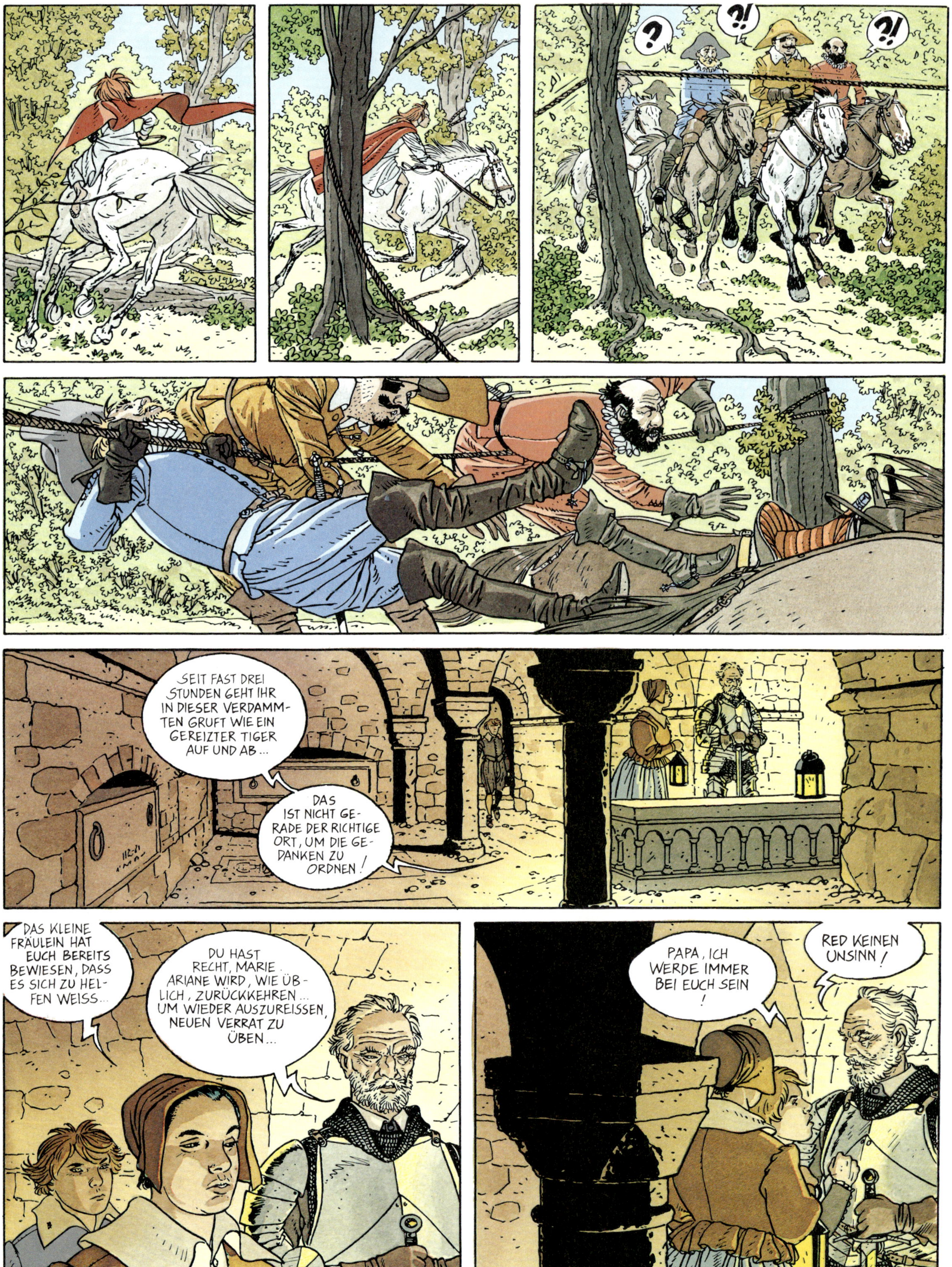
?
?!
?!
SEIT FAST DREI STUNDEN GEHT IHR IN DIESER VERDAMMTEN GRUFT WIE EIN GEREIZTER TIGER AUF UND AB ...
DAS IST NICHT GERADE DER RICHTIGE ORT, UM DIE GEDANKEN ZU ORDNEN!
DAS KLEINE FRÄULEIN HAT EUCH BEREITS BEWIESEN, DASS ES SICH ZU HELFEN WEISS ...
DU HAST RECHT, MARIE. ARIANE WIRD, WIE ÜBLICH, ZURÜCKKEHREN ... UM WIEDER AUSZUREISSEN, NEUEN VERRAT ZU ÜBEN ...
PAPA, ICH WERDE IMMER BEI EUCH SEIN!
RED KEINEN UNSINN!

IHR SEID KRÄFTIG UND VITAL, MONSIEUR. IHR SOLLTET HIER HERAUS UND MENSCHEN TREFFEN ...
... AUCH FRAUEN ...
BLANCHE IST TOT, MONSIEUR, DAMIT MÜSST IHR EUCH ABFINDEN ...
HIER RUHT BLANCHE DE TROIL, DIE IM JAHR DES HERRN MDCI AM XXVII. SEPTEMBER VERSCHIED.
WENN MAN ZU LANGE BEI DEN TOTEN WEILT, STIRBT MAN SELBER VOR DER ZEIT ...
LASST MICH EUCH HELFEN, EURE RÜSTUNG ABZULEGEN UND ES EUCH VOR DEM KAMIN GEMÜTLICH ZU MACHEN, WO MEIN GUILLAUME EIN SCHÖNES FEUER GEMACHT HAT!
SPÄTER, MEINE BRAVE MARIE ...
O VERDAMMT! WAS IST DENN DAS FÜR EIN GEBRÄU?!
WEIHWASSER, HERR GRAF ... UM DAS ELEND IN UNSERER ARMEN WELT ZU LINDERN!
VERFLIXT! DAS SAUBERE FRÜCHTCHEN WIRD MIR DIESEN STREICH BÜSSEN!
ARIANE DE TROIL KANN NICHTS FÜR UNSERE VERLETZUNGEN! WIE HÄTTE SIE EURE VERFOLGUNG AHNEN KÖNNEN ...
... UND DIE ZEIT HABEN SOLLEN, EINE FALLE ZU STELLEN? DAS GESPANNTE SEIL SPRICHT FÜR SICH!
MORGEN VERSAMMELST DU ALLE MEINE DIENER DER UMLIEGENDEN HÖFE. SIE SOLLEN SICH FÜR EINE TREIBJAGD RÜSTEN. WOLLEN DOCH MAL SEHEN, WER ZULETZT LACHT!
GEBT ACHT, HERR GRAF. MAN SOLL KEINEN VOGEL ODER HUND JAGEN, DESSEN HERRN MAN NICHT KENNT.

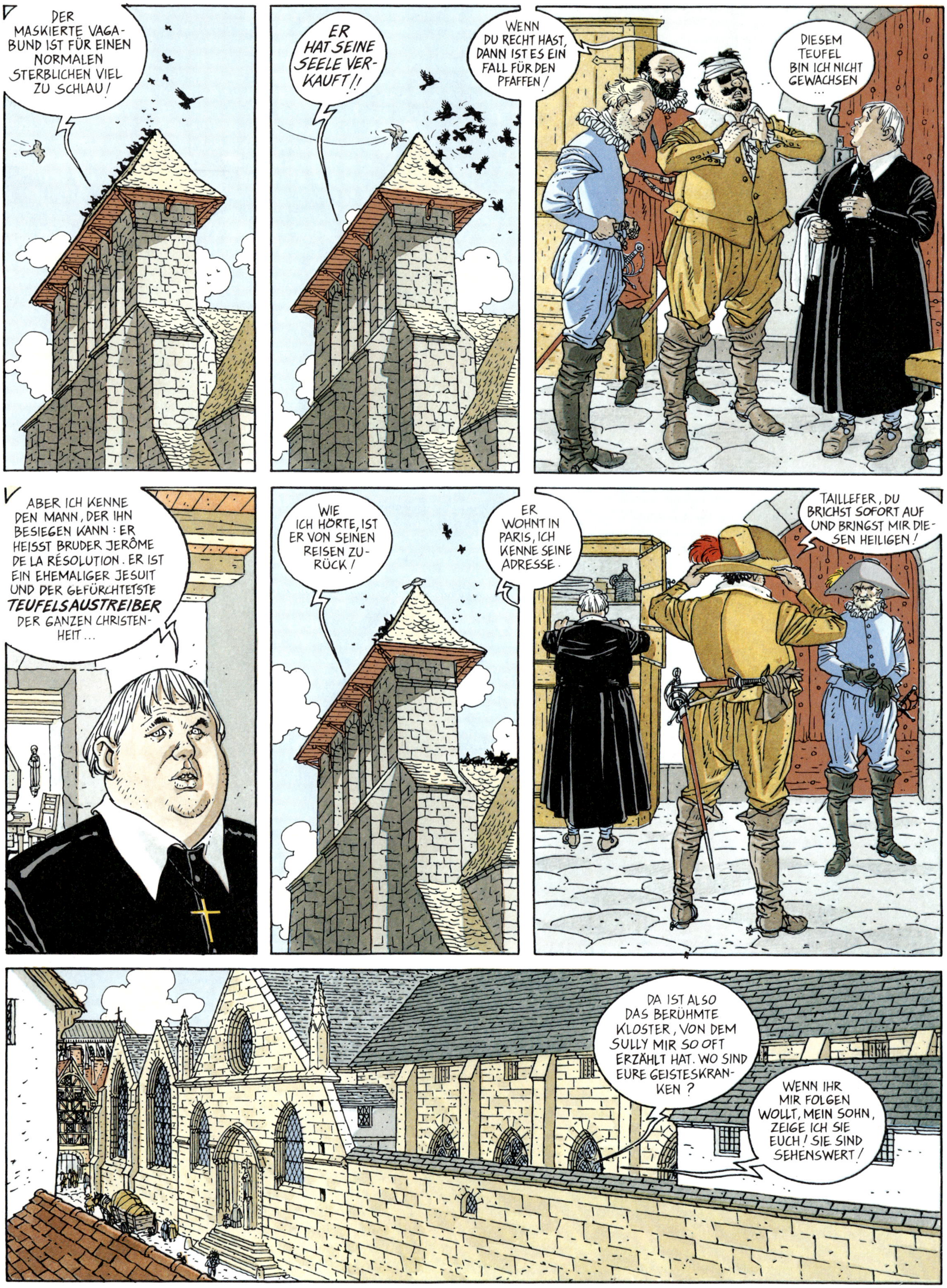
DER MASKIERTE VAGABUND IST FÜR EINEN NORMALEN STERBLICHEN VIEL ZU SCHLAU!
ER HAT SEINE SEELE VERKAUFT!!
WENN DU RECHT HAST, DANN IST ES EIN FALL FÜR DEN PFAFFEN!
DIESEM TEUFEL BIN ICH NICHT GEWACHSEN ...
ABER ICH KENNE DEN MANN, DER IHN BESIEGEN KANN: ER HEISST BRUDER JERÔME DE LA RÉSOLUTION. ER IST EIN EHEMALIGER JESUIT UND DER GEFÜRCHTETSTE TEUFELSAUSTREIBER DER GANZEN CHRISTENHEIT...
WIE ICH HÖRTE, IST ER VON SEINEN REISEN ZURÜCK!
ER WOHNT IN PARIS, ICH KENNE SEINE ADRESSE.
TAILLEFER, DU BRICHST SOFORT AUF UND BRINGST MIR DIESEN HEILIGEN!
DA IST ALSO DAS BERÜHMTE KLOSTER, VON DEM SULLY MIR SO OFT ERZÄHLT HAT. WO SIND EURE GEISTESKRANKEN?
WENN IHR MIR FOLGEN WOLLT, MEIN SOHN, ZEIGE ICH SIE EUCH! SIE SIND SEHENSWERT!

DIE ARMEN GESCHÖPFE ENTBLÖSSEN SICH SCHAMLOS, WÄLZEN SICH AUF DEM BODEN, STOSSEN TIERÄHNLICHE SCHREIE AUS UND VOLLFÜHREN UNZÜCHTIGE GEBÄRDEN ...
DOCH ICH SEHE HIER NICHTS, WAS BEI MEINEN GEISTIG GESUNDEN UNTERTANEN ANSTOSS ERREGEN KÖNNTE!
ABER, SIRE, DIESE MÄDCHEN SIND HEXEN!!
DER TEUFEL HAT GLÜCK, UND MANCHMAL WÄRE ICH GERN AN SEINER STELLE, UM DIESE PRALLEN HINTERN, DIE SICH IHM SO BEREITWILLIG DARBIETEN, IN BESITZ ZU NEHMEN!
ABER SIRE, DIE UNSELIGEN HABEN IHRE VERBRECHEN GESTANDEN! SIE FEIERN MIT SATAN ORGIEN, UNTERHALTEN FLEISCHLICHE BEZIEHUNGEN MIT IHM ...
EINIGE VON IHNEN BETREIBEN SOGAR NEKROPHAGIE ...
SIE KENNEN EIN WUNDERMITTEL, DAS ES IHNEN ERMÖGLICHT, ZUM HEXENSABBAT ZU FLIEGEN!
SO, SO! ICH WÜRDE ES IHNEN GERN NACHMACHEN, UM MEINE FLÜGEL ZU LOCKERN. HAST DU SIE FLIEGEN SEHEN?
NEIN, SIRE. MAN WEISS NIE GENAU, OB DIE HEXEN LEIBHAFTIG ODER NUR IN DER PHANTASIE FLIEGEN!... DOCH SELBST EIN PHANTASIEFLUG WIRD MIT DEM TOD BESTRAFT!!
DIE HEXEN UND HEXENMEISTER, DIE AN EINEM HEXENSABBAT TEILNEHMEN, KÖNNEN SICH GEGENSEITIG SEHEN. IHR SCHATTEN ERSCHEINT SO, DASS SIE SICH ERKENNEN UND SICH SPÄTER, WENN MAN SIE BEFRAGT, GEGENSEITIG ANKLAGEN KÖNNEN.
DAS IST WIRKLICH SEHR PRAKTISCH!

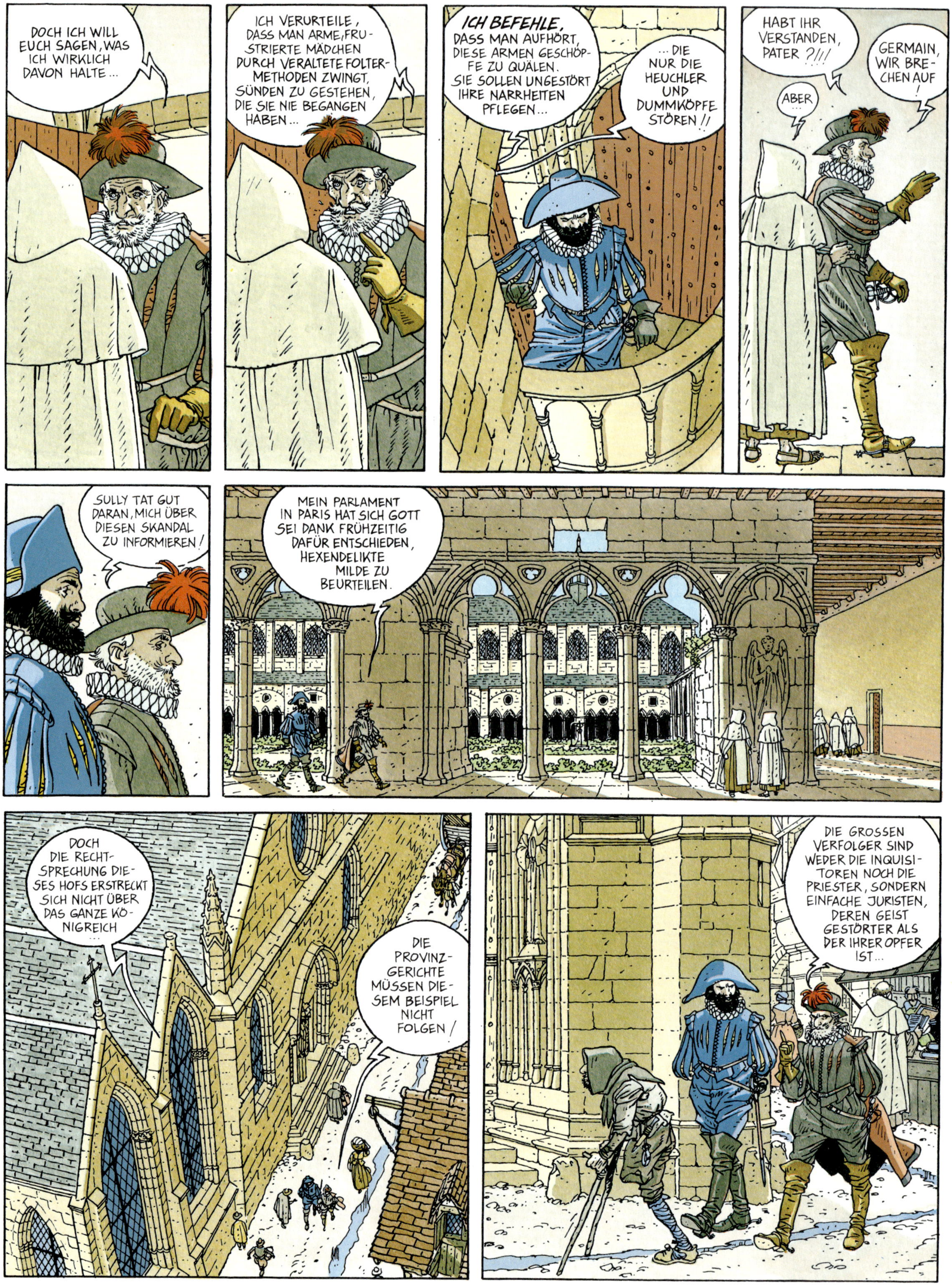
DOCH ICH WILL EUCH SAGEN, WAS ICH WIRKLICH DAVON HALTE ...
ICH VERURTEILE, DASS MAN ARME, FRUSTRIERTE MÄDCHEN DURCH VERALTETE FOLTERMETHODEN ZWINGT, SÜNDEN ZU GESTEHEN, DIE SIE NIE BEGANGEN HABEN ...
ICH BEFEHLE, DASS MAN AUFHÖRT, DIESE ARMEN GESCHÖPFE ZU QUÄLEN. SIE SOLLEN UNGESTÖRT IHRE NARRHEITEN PFLEGEN ...
... DIE NUR DIE HEUCHLER UND DUMMKÖPFE STÖREN !!
HABT IHR VERSTANDEN, PATER ?!!!
ABER ...
GERMAIN, WIR BRECHEN AUF !
SULLY TAT GUT DARAN, MICH ÜBER DIESEN SKANDAL ZU INFORMIEREN !
MEIN PARLAMENT IN PARIS HAT SICH GOTT SEI DANK FRÜHZEITIG DAFÜR ENTSCHIEDEN, HEXENDELIKTE MILDE ZU BEURTEILEN.
DOCH DIE RECHTSPRECHUNG DIESES HOFS ERSTRECKT SICH NICHT ÜBER DAS GANZE KÖNIGREICH ...
DIE PROVINZGERICHTE MÜSSEN DIESEM BEISPIEL NICHT FOLGEN !
DIE GROSSEN VERFOLGER SIND WEDER DIE INQUISITOREN NOCH DIE PRIESTER, SONDERN EINFACHE JURISTEN, DEREN GEIST GESTÖRTER ALS DER IHRER OPFER IST ...

MIR KLEBT DIE ZUNGE AM GAUMEN. LASST UNS IN DER SCHENKE EINEN SCHLUCK ZU UNS NEHMEN!
... UND EINEN WEITEREN MIT DEN DAMEN, DIE WIR DORT TREFFEN.
ALL DIESE NACKTEN HINTERN HABEN MIR APPETIT GEMACHT...
ICH HABE EINEN BÄRENHUNGER...
SIND DIESE HOLZKÖPFE WEG?
DER EINE WAR IMMERHIN DER KÖNIG VON FRANKREICH!
NA UND? WIR MÜSSEN UNSERE AUFGABE WEITERFÜHREN...
ABER IHR HABT DOCH GEHÖRT: UNSER KÖNIG MISSBILLIGT SIE.
ICH EMPFANGE KEINE BEFEHLE VON EINEM SCHLECHTEN KÖNIG!
DIE NEUE GEFAHR, DIE ICH ENTDECKT HABE, BEKÄMPFE ICH GEGEN ALLE WIDERSTÄNDE!

WIE LAUTEN EURE BEFEHLE, MONSIEUR?
MACHT WEITER, BRUDER ANSELM. NEHMT DIE ARBEIT DORT WIEDER AUF, WO WIR STEHENGEBLIEBEN WAREN.
MMH!
WENN DIESES ARME KIND SCHWIMMT, DANN IST HEXEREI IM SPIEL...
... DENN DAS WASSER, DAS ELEMENT DER REINHEIT, STÖSST DIE KOMPLIZEN DES TEUFELS AB.
DIE TATSACHE, DASS SIE ERTRUNKEN IST, BEWEIST IHRE UNSCHULD...
ABER WENN DAS DER KÖNIG ERFÄHRT...
HYRONIMUS, DER GROSSE HEXENJÄGER, IST NUR GOTT RECHENSCHAFT SCHULDIG.
ICH TRÄUMTE VON EINEM FRANKREICH MIT EINEM LÄCHELNDEN GESICHT, DAS VOM GEIST DER TOLERANZ UND DER VERSÖHNUNG ERHELLT WIRD. TRÜBSELIG MERKE ICH, WIE MICH DIE KÄLTE DES ALTERS ERFASST, DIE ERKENNTNIS, VIELES VERSÄUMT ZU HABEN...
MEINE FRANZOSEN MACHEN MIR KUMMER!
SIE SIND DUMM UND WILLENLOS, LEBEN IN PANISCHER ANGST VOR DEM TEUFEL UND SEINEN ENGELN. SIE HASSEN DIE HEXENMEISTER, DOCH DIESE SIND VIELLEICHT NOCH DIE PFIFFIGSTEN ÜBERHAUPT...

* SIEHE BAND 1: „DEN LETZTEN BEISSEN DIE HUNDE"

* SIEHE BAND 3: „DIE PROPHEZEIUNG DER BLINDEN"

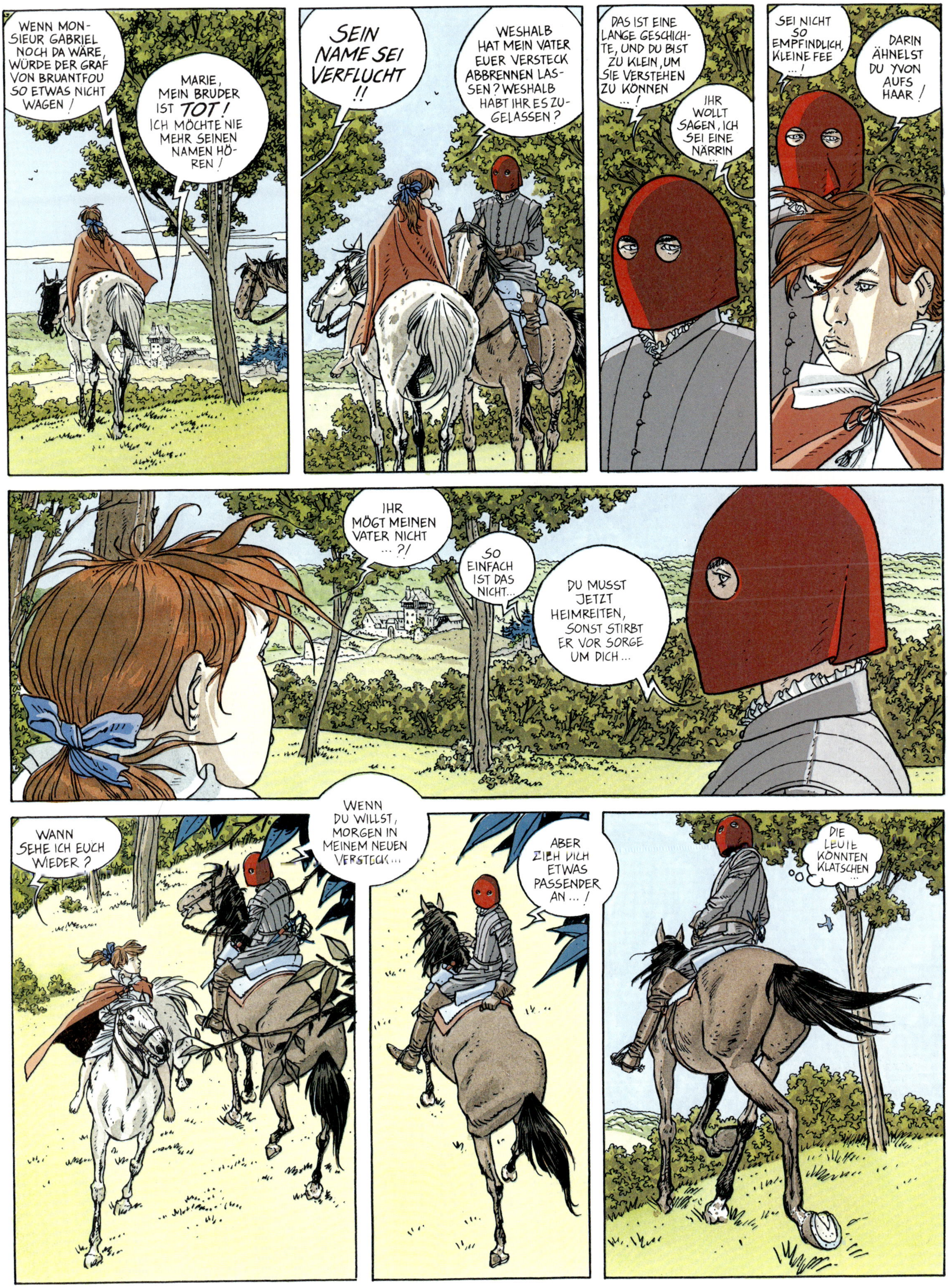
WENN MONSIEUR GABRIEL NOCH DA WÄRE, WÜRDE DER GRAF VON BRUANTFOU SO ETWAS NICHT WAGEN !
MARIE, MEIN BRUDER IST TOT ! ICH MÖCHTE NIE MEHR SEINEN NAMEN HÖREN !
SEIN NAME SEI VERFLUCHT !!
WESHALB HAT MEIN VATER EUER VERSTECK ABBRENNEN LASSEN ? WESHALB HABT IHR ES ZUGELASSEN ?
DAS IST EINE LANGE GESCHICHTE, UND DU BIST ZU KLEIN, UM SIE VERSTEHEN ZU KÖNNEN ... !
IHR WOLLT SAGEN, ICH SEI EINE NÄRRIN ...
SEI NICHT SO EMPFINDLICH, KLEINE FEE ... !
DARIN ÄHNELST DU YVON AUFS HAAR !
IHR MÖGT MEINEN VATER NICHT ... ?!
SO EINFACH IST DAS NICHT...
DU MUSST JETZT HEIMREITEN, SONST STIRBT ER VOR SORGE UM DICH ...
WANN SEHE ICH EUCH WIEDER ?
WENN DU WILLST, MORGEN IN MEINEM NEUEN VERSTECK...
ABER ZIEH DICH ETWAS PASSENDER AN ... !
DIE LEUTE KÖNNTEN KLATSCHEN ...

WOHER KOMMST DU UM DIESE ZEIT ?
WESHALB HAST DU DEN BAUM DES CHEVALIER ABBRENNEN LASSEN ?
DU BIST MIR ALSO GEFOLGT ...?
ICH WARTE AUF EINE ANTWORT, PAPA...
DAS IST DAS ZWEITE MAL, DASS IHR MICH SCHLAGT, VATER. IHR HABT WOHL EURE GRÜNDE, DOCH ICH WARNE EUCH...
...EIN DRITTES MAL ERTRAGE ICH ES NICHT...
ICH WÜNSCHE DIR EINE GUTE NACHT!
DAS FRÄULEIN IST WIRKLICH NICHT AUF DEN KOPF GEFALLEN. WENN MAN BEDENKT, DASS SIE ERST 10 JAHRE ALT IST.
DAS WIRD BÖSE ENDEN...

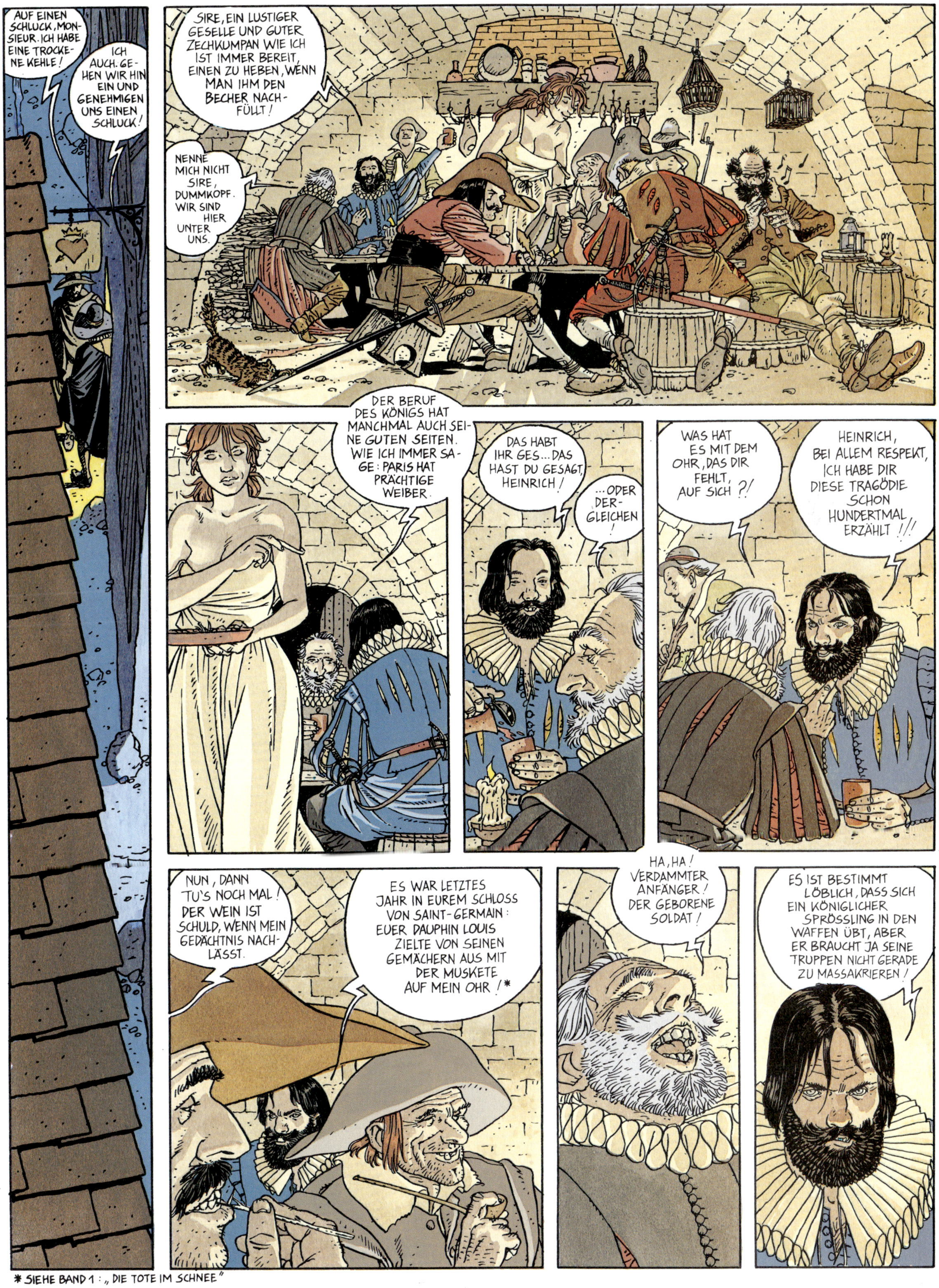

* SIEHE BAND 1: „DIE TOTE IM SCHNEE"

DAMIT DU DIESEN KLEINEN VORFALL VERGISST, MACHE ICH DICH ZUM KOMMANDANTEN, ZUM ADJUTANTEN MEINER LEIBWACHE ...
OH, SIRE, DAS IST... ZU... VIEL DER EHRE ...
ZIER DICH NICHT. DAS IST NICHT GUT IN DIESEN GE... GEFÄHRLICHEN ZEITEN ...
WENN JEDER DAS BEKÄME, WAS ER VERDIENT, WÄRE DIE WELT ARM DRAN!
?!
M... MEIN BECHER IST LEER! ... ICH HÄTTE GE... GESCHWOREN, DASS ...
STEH AUF, DU WIDERLICHE RATTE! ICH WERDE DIR ZEIGEN, WAS PASSIERT, WENN MAN DIE KLEIDUNG VON LEUTEN VON HOHEM STANDE BESCHMUTZT!
VON WELCHEM STANDE, MONSIEUR?
DAMIT IHR MIR VERZEIHT, MÖCHTE ICH EUCH ETWAS ZU TRINKEN ANBIETEN!
HE?!
TUT MIR LEID, DOCH ICH KANN NICHTS ANDERES ANBIETEN!
DOCH, DU ALTER BOCK, DEIN LEBEN!
POTZ BLITZ! DIESE TÖ... TÖLPEL GEHEN MIR AUF DEN GEI... GEIST...!
DER KRU... KRUG IST JA LEER!
DU MÖCHTEST WOHL MEINE KLINGE SPÜREN?!! NA BITTE!!!
EH...

UM EIN HAAR HÄTTEN DIE MICH ERNSTHAFT ERZÜRNT...
DANKE, MEIN GUTER GERMAIN, DOCH ICH HÄTTE MIT DIESEN KERLEN SELBST FERTIG WERDEN KÖNNEN!
MACHEN WIR UNS AUS DEM STAUB, BEVOR DEINE GENDARMEN ANRÜKKEN UND ALLES AUF DEN KOPF STELLEN...
DU HAST RECHT, GEHEN WIR.
DER WEIN HAT MEIN BLUT ERHITZT!
ICH KENNE EIN KLEINES BORDELL, WO DIE MÄDCHEN DIE PRALLSTEN HINTERN HABEN...

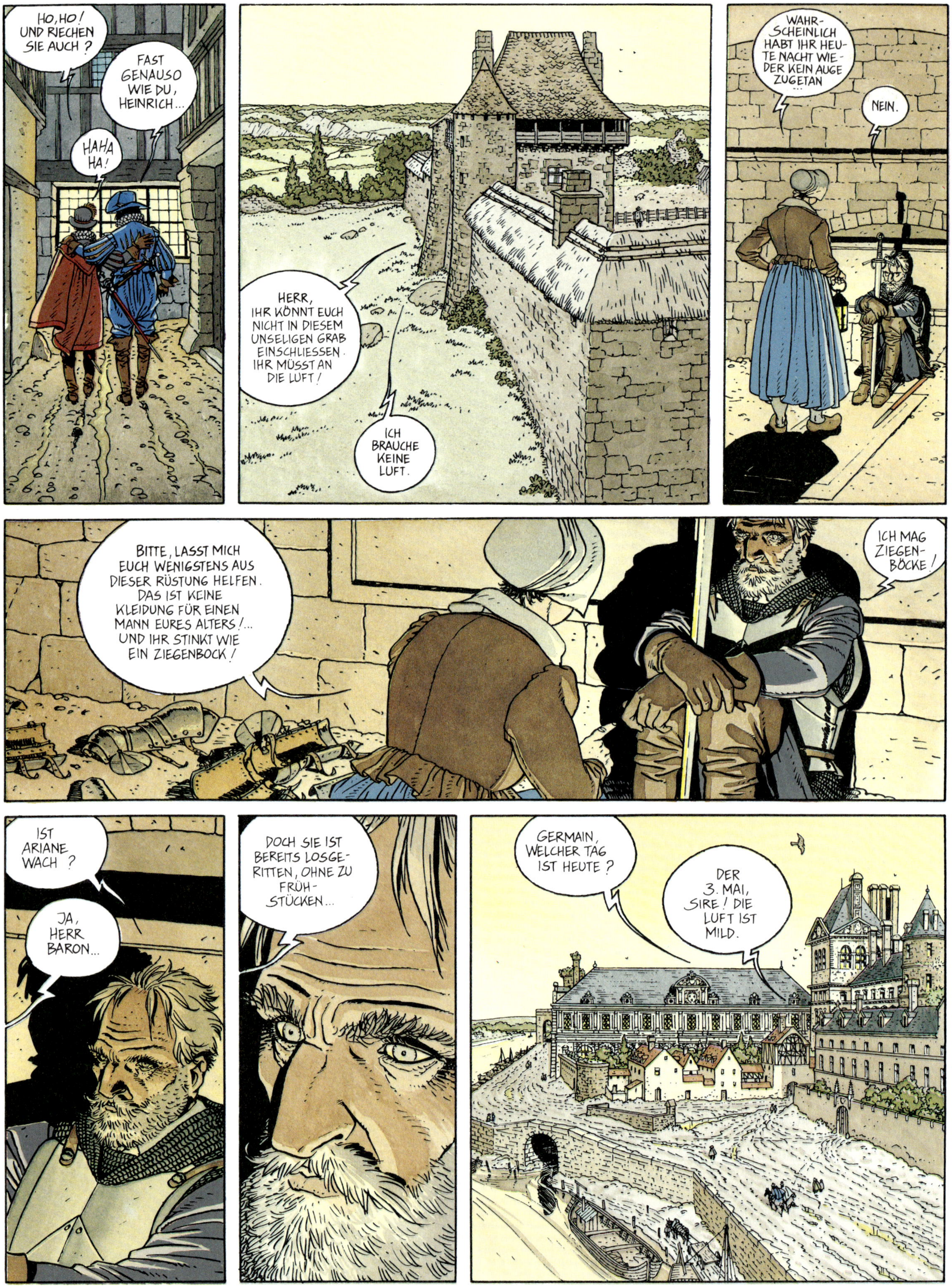
HO, HO! UND RIECHEN SIE AUCH?
FAST GENAUSO WIE DU, HEINRICH...
HAHA HA!
HERR, IHR KÖNNT EUCH NICHT IN DIESEM UNSELIGEN GRAB EINSCHLIESSEN. IHR MÜSST AN DIE LUFT!
ICH BRAUCHE KEINE LUFT.
WAHRSCHEINLICH HABT IHR HEUTE NACHT WIEDER KEIN AUGE ZUGETAN...
NEIN.
BITTE, LASST MICH EUCH WENIGSTENS AUS DIESER RÜSTUNG HELFEN. DAS IST KEINE KLEIDUNG FÜR EINEN MANN EURES ALTERS!... UND IHR STINKT WIE EIN ZIEGENBOCK!
ICH MAG ZIEGENBÖCKE!
IST ARIANE WACH?
JA, HERR BARON...
DOCH SIE IST BEREITS LOSGERITTEN, OHNE ZU FRÜHSTÜCKEN...
GERMAIN, WELCHER TAG IST HEUTE?
DER 3. MAI, SIRE! DIE LUFT IST MILD.

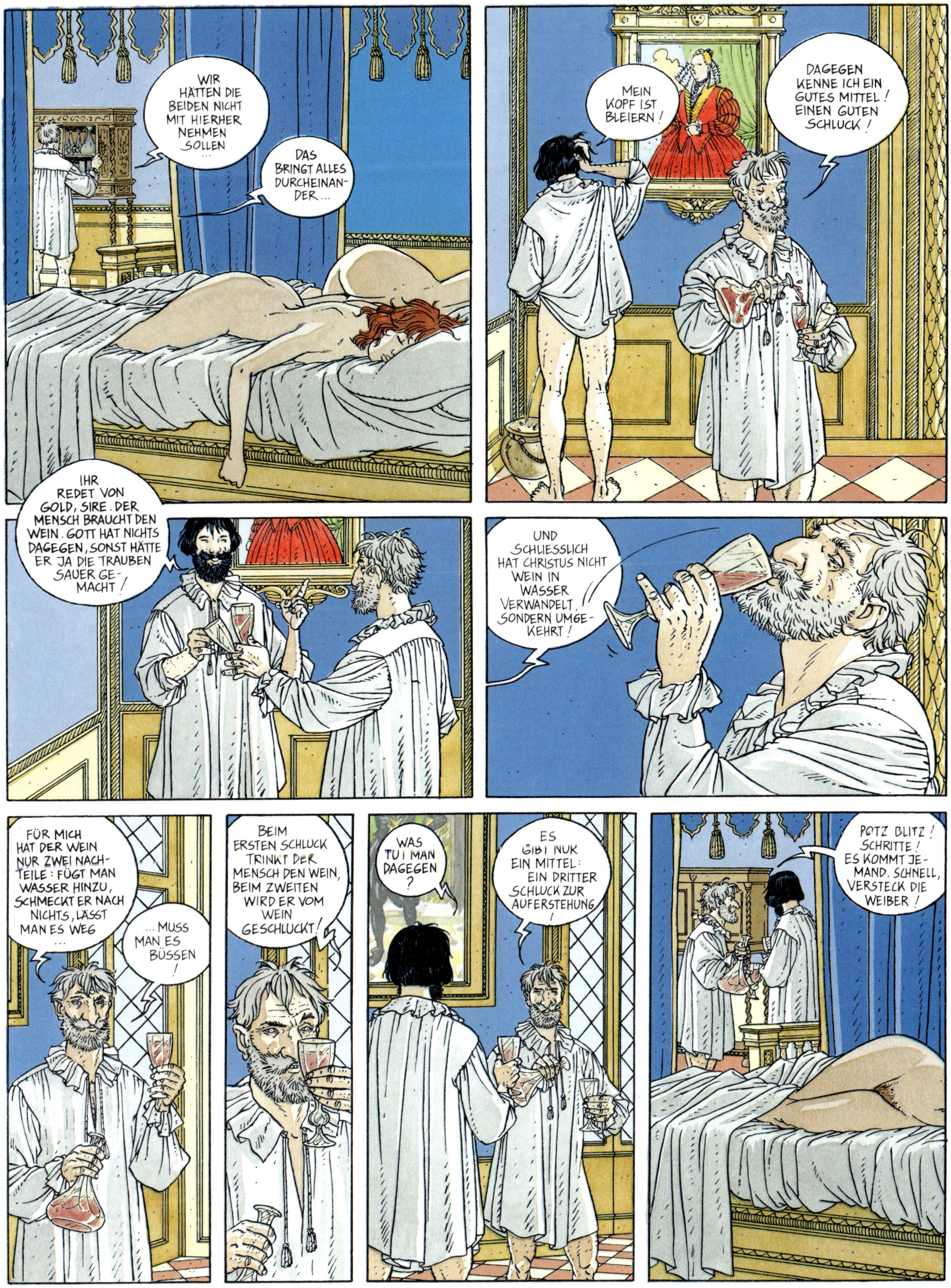
WIR HÄTTEN DIE BEIDEN NICHT MIT HIERHER NEHMEN SOLLEN ...
DAS BRINGT ALLES DURCHEINANDER ...
MEIN KOPF IST BLEIERN!
DAGEGEN KENNE ICH EIN GUTES MITTEL! EINEN GUTEN SCHLUCK!
IHR REDET VON GOLD, SIRE. DER MENSCH BRAUCHT DEN WEIN. GOTT HAT NICHTS DAGEGEN, SONST HÄTTE ER JA DIE TRAUBEN SAUER GEMACHT!
UND SCHLIESSLICH HAT CHRISTUS NICHT WEIN IN WASSER VERWANDELT, SONDERN UMGEKEHRT!
FÜR MICH HAT DER WEIN NUR ZWEI NACHTEILE: FÜGT MAN WASSER HINZU, SCHMECKT ER NACH NICHTS, LÄSST MAN ES WEG ...
... MUSS MAN ES BÜSSEN!
BEIM ERSTEN SCHLUCK TRINKT DER MENSCH DEN WEIN, BEIM ZWEITEN WIRD ER VOM WEIN GESCHLUCKT!
WAS TUT MAN DAGEGEN?
ES GIBT NUR EIN MITTEL: EIN DRITTER SCHLUCK ZUR AUFERSTEHUNG!
POTZ BLITZ! SCHRITTE! ES KOMMT JEMAND. SCHNELL, VERSTECK DIE WEIBER!

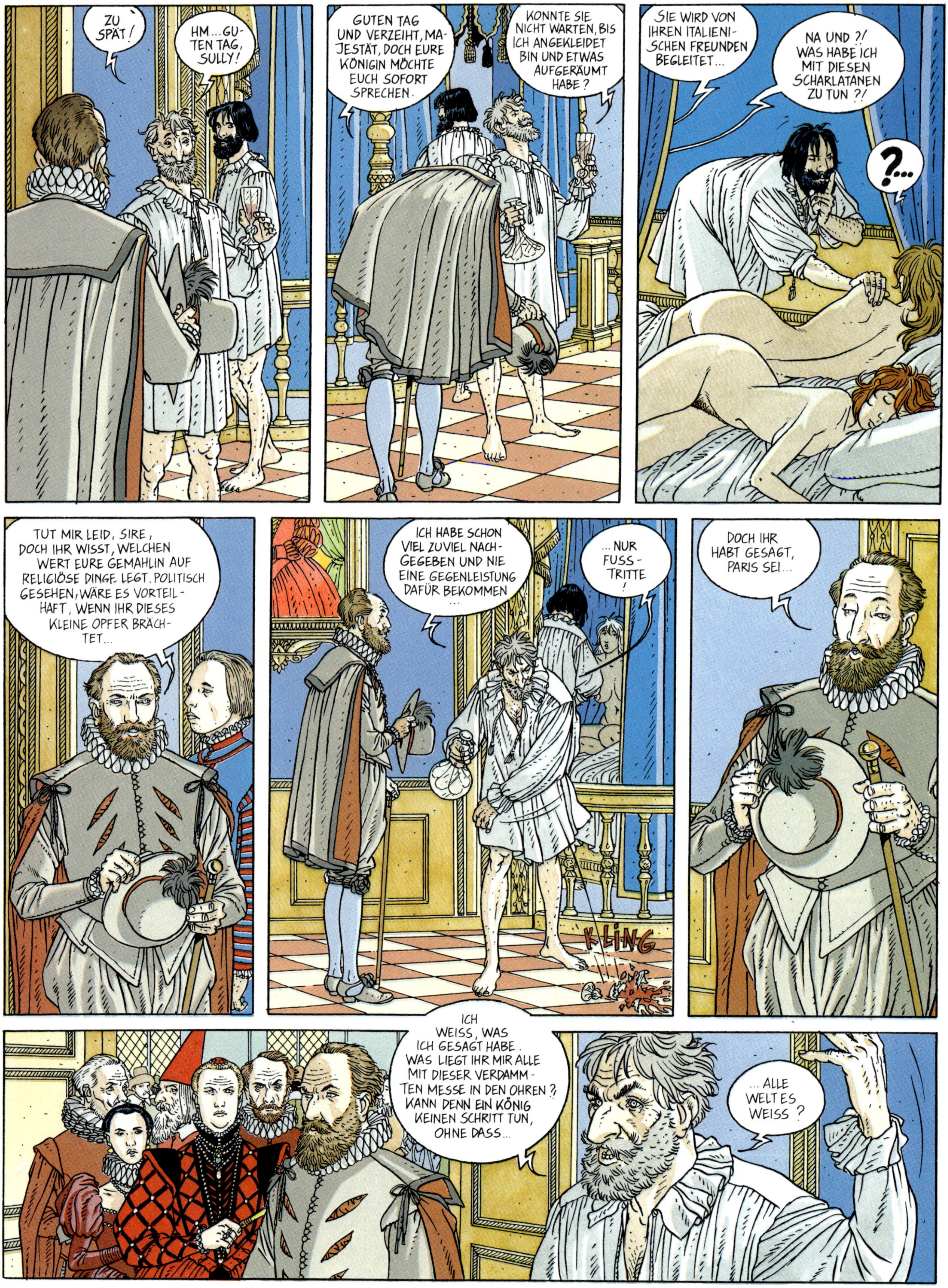
ZU SPÄT!
HM... GUTEN TAG, SULLY!
GUTEN TAG UND VERZEIHT, MAJESTÄT, DOCH EURE KÖNIGIN MÖCHTE EUCH SOFORT SPRECHEN.
KONNTE SIE NICHT WARTEN, BIS ICH ANGEKLEIDET BIN UND ETWAS AUFGERÄUMT HABE?
SIE WIRD VON IHREN ITALIENISCHEN FREUNDEN BEGLEITET...
NA UND?! WAS HABE ICH MIT DIESEN SCHARLATANEN ZU TUN?!
?...
TUT MIR LEID, SIRE, DOCH IHR WISST, WELCHEN WERT EURE GEMAHLIN AUF RELIGIÖSE DINGE LEGT. POLITISCH GESEHEN, WÄRE ES VORTEILHAFT, WENN IHR DIESES KLEINE OPFER BRÄCHTET...
ICH HABE SCHON VIEL ZUVIEL NACHGEGEBEN UND NIE EINE GEGENLEISTUNG DAFÜR BEKOMMEN...
...NUR FUSSTRITTE!
KLING
DOCH IHR HABT GESAGT, PARIS SEI...
ICH WEISS, WAS ICH GESAGT HABE. WAS LIEGT IHR MIR ALLE MIT DIESER VERDAMMTEN MESSE IN DEN OHREN?! KANN DENN EIN KÖNIG KEINEN SCHRITT TUN, OHNE DASS...
...ALLE WELT ES WEISS?

MONSIEUR, ICH FREUE MICH, EUCH HEUTE MORGEN ZU SEHEN ...
AUCH ICH FREUE MICH ÜBER EUREN ANBLICK, MADAME. IHR SEID SEHR SCHÖN HEUTE ...
MONSIEUR, IHR HABT MIR EUER WORT GEGEBEN, AUF GALANTE ABENTEUER ZU VERZICHTEN!
ICH ERINNERE MICH, MEIN TÄUBCHEN ...
ICH HATTE EUCH SOGAR DAS KÜHNE VERSPRECHEN GEGEBEN, MEINE STIMMUNGEN EUREN LAUNEN ANZUPASSEN, WENN IHR DIE SAUERTÖPFE, DIE MIR MISSFALLEN UND VERDÄCHTIG ERSCHEINEN, AUS EURER NÄHE ENTFERNT ...
DOCH SIE UMDRÄNGEN EUCH NACH WIE VOR, WIE DIE SCHMEISSFLIEGEN DEN KÄSE ...
ICH BIN NICHT HERGEKOMMEN, DAMIT IHR MEINE FREUNDE BELEIDIGT!
UND DANN MÖCHTE SIE TRADITIONSGEMÄSS FEIERLICH IN IHRE HAUPTSTADT EINZIEHEN ...
DAS IST JA NICHT ZUVIEL VERLANGT!
ICH WOLLTE MIT EUCH NUR ÜBER DIE KRÖNUNG REDEN!
SIRE, EURE GEMAHLIN MÖCHTE NICHTS ANDERES ALS OFFIZIELL GEKRÖNT WERDEN ... DAS IST JA KEIN VERBRECHEN ...
ÜBERALL SIEHT ES NACH KRIEG AUS, UND IHR HABT NUR DIESEN FIRLEFANZ IM KOPF!
WIE BITTE? WAS IST DAS?

DAS KANN ICH EUCH GERNE ERKLÄREN, SIGNORE CONCINI, UND NOCH EINIGES MEHR !!!
RUHIG BLUT, SIRE !
MAJESTÄT, EURE GEMAHLIN HAT BESTIMMT EINGESEHEN, DASS DIE ZEREMONIE, DIE SCHON VOR ZEHN JAHREN NACH DER HEIRAT HÄTTE STATTFINDEN SOLLEN, AUS SPARSAMKEITSGRÜNDEN VERSCHOBEN WURDE...
DOCH EINE KÖNIGIN VON FRANKREICH HAT DAS RECHT AUF EINE SOLCHE EHRENBEZEICHNUNG...
UND ZUDEM KÖNNTE DIES EUCH MIT DEN KATHOLIKEN UND DEM SPANISCHEN KÖNIGSHAUS VERSÖHNEN...
DU HAST RECHT, SULLY...
ICH BEUGE MICH DER STAATSRÄSON.
DOCH ES SOLL ALLES SCHNELL ÜBER DIE BÜHNE GEHEN...!
WARUM ZITTERT IHR, VATER? IST EUCH KALT?
NEIN, ICH HABE ANGST. DIESE KRÖNUNG MISSFÄLLT MIR. ES GAB SCHON VIELE BÖSE OMEN DAFÜR.
PAPA, EIN KÖNIG FÜRCHTET SICH VOR NICHTS! ER IST DER HERRSCHER UND ICH BIN JA AUCH NOCH DA!
DU BIST TAPFER, MEIN SOHN, ABER DU HAST NICHT MEHR ALS EIN SPATZENHIRN!

ICH VERTRAUE DIR EIN GROSSES GEHEIMNIS AN, KÄLBCHEN, ABER DU DARFST NICHT LACHEN. ICH TRÄUMTE IMMER DAVON ZU FLIEGEN, SAH MICH ALS FALKEN ...
ICH WAR KÜHN, SCHLAU, STÜRZTE MICH LAUTLOS AUF MEINE BEUTE. NIEMAND WAR SCHLAU GENUG, MICH ZU FANGEN, UND ICH SCHLUG ALLEN GEIERN EIN SCHNIPPCHEN ...
... FORDERTE DEN HIMMEL HERAUS!
ABER SCHNELL STELLTE ICH FEST, DASS ICH DIE FLÜGEL EINES GERUPFTEN PUTERS BESASS...
HEINRICH IST DER ERSTE MEINER FALKEN, DOCH ER IST IN DAS NEST EINER SCHNEPFE GERATEN, UND AUS DIESER VERBINDUNG STAMMT EIN VÖGELCHEN, DAS SEINEN SCHNABEL NOCH NICHT BENUTZEN KANN ...
ER, INTERESSIERT MICH AUCH ...
KOMMANDANT GRANPIN IST WEITER NACH OBEN GEFALLEN, EIN RICHTIGER SCHLEIMER ...
DER NEUE HAHN IM HÜHNERHOF!
?

HE, SOLDATEN, WISST IHR AUCH, VON WEM IHR REDET ?
GELTEN DIE FRECHEN BEMERKUNGEN MIR, DEM KOMMANDANTEN GRANPIN... ?
VIELLEICHT BIN ICH EIN HAHN, MEINE HERREN, ABER IHR SEID DAFÜR MEMMEN!
MOMENT MAL...
STELLT EUCH HIER UNTER, MEINE HÜBSCHEN! WEGEN DIESER IDIOTEN WERDE ICH NICHT NASS...!
WIE ICH IMMER SAGE: ES GIBT KEINE GERECHTIGKEIT!
GERMAIN, DU BIST EIN GROSSER MANN GEWORDEN!
JA, MEIN GUTER PIGNEROL! UND ES IST NOCH NICHT ZU ENDE! DER KÖNIG HAT MIR GOLDENE EIER VERSPROCHEN!
GOLDENE ?
DER WIEVIELTE IST HEUTE, HERR PFARRER?
DER 10. MAI, GRAF. EUER FALKE HAT SEIT MEHR ALS EINER WOCHE NICHT MEHR ZUGESCHNAPPT!

VIELLEICHT IST ER IRGENDWO ANDERS HINGEFLOGEN ?
HOFFENTLICH NICHT. VORHER MÖCHTE ICH IHM MIT GENUSS DIE FLÜGEL AUSREISSEN, IHN LANGSAM SCHMOREN LASSEN...
TAILLEFER HAT MIR EINE BOTSCHAFT AUS PARIS GESANDT. BALD KOMMT ER UND BRINGT DIE „GEHEIMWAFFE" MIT !
ICH FINDE, MIT WEIHWASSER KANN MAN DIESEM KOMISCHEN VOGEL NICHT ZU LEIBE RÜCKEN...
EUER „TREUER" TAILLEFER WIRD ALT UND ABERGLÄUBISCH. EIN GUTER DEGEN WÜRDE GENÜGEN...
MENU, ICH HABE DICH NICHT UM DEINE MEINUNG GEFRAGT.
HUGENOTTE, HE... ?
BEI GOTT...
UM EHRLICH ZU SEIN, ICH BIN ES TROTZ DER TAUFE IN DER KATHOLISCHEN KIRCHE, DIE ICH WEGEN DES THRONS ÜBER MICH ERGEHEN LASSEN MUSSTE, IMMER NOCH...
DOCH DAMIT IST DER PAPST NOCH NICHT ZUFRIEDEN. DIE DURCH DEN TOD DES HERZOGS VON CLÈVES ENTSTANDENE KRISE SCHÜRT DAS FEUER, UND NACH DIESER KRÖNUNG DROHT KRIEG...

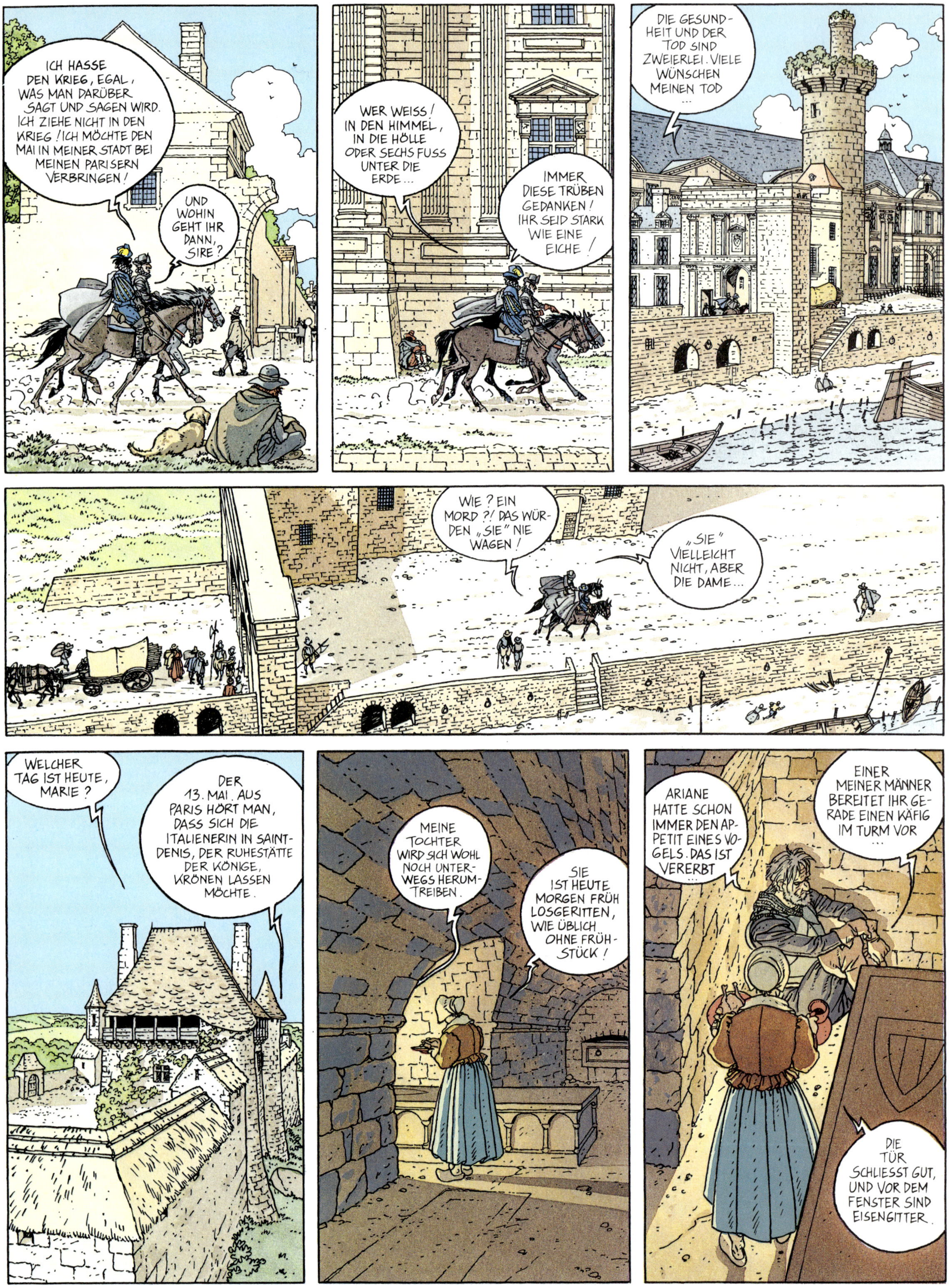
ICH HASSE DEN KRIEG, EGAL, WAS MAN DARÜBER SAGT UND SAGEN WIRD. ICH ZIEHE NICHT IN DEN KRIEG! ICH MÖCHTE DEN MAI IN MEINER STADT BEI MEINEN PARISERN VERBRINGEN!
UND WOHIN GEHT IHR DANN, SIRE?
WER WEISS! IN DEN HIMMEL, IN DIE HÖLLE ODER SECHS FUSS UNTER DIE ERDE...
IMMER DIESE TRÜBEN GEDANKEN! IHR SEID STARK WIE EINE EICHE!
DIE GESUNDHEIT UND DER TOD SIND ZWEIERLEI. VIELE WÜNSCHEN MEINEN TOD...
WIE? EIN MORD?! DAS WÜRDEN „SIE" NIE WAGEN!
„SIE" VIELLEICHT NICHT, ABER DIE DAME...
WELCHER TAG IST HEUTE, MARIE?
DER 13. MAI. AUS PARIS HÖRT MAN, DASS SICH DIE ITALIENERIN IN SAINT-DENIS, DER RUHESTÄTTE DER KÖNIGE, KRÖNEN LASSEN MÖCHTE.
MEINE TOCHTER WIRD SICH WOHL NOCH UNTERWEGS HERUMTREIBEN.
SIE IST HEUTE MORGEN FRÜH LOSGERITTEN, WIE ÜBLICH OHNE FRÜHSTÜCK!
ARIANE HATTE SCHON IMMER DEN APPETIT EINES VOGELS. DAS IST VERERBT...
EINER MEINER MÄNNER BEREITET IHR GERADE EINEN KÄFIG IM TURM VOR...
DIE TÜR SCHLIESST GUT, UND VOR DEM FENSTER SIND EISENGITTER.

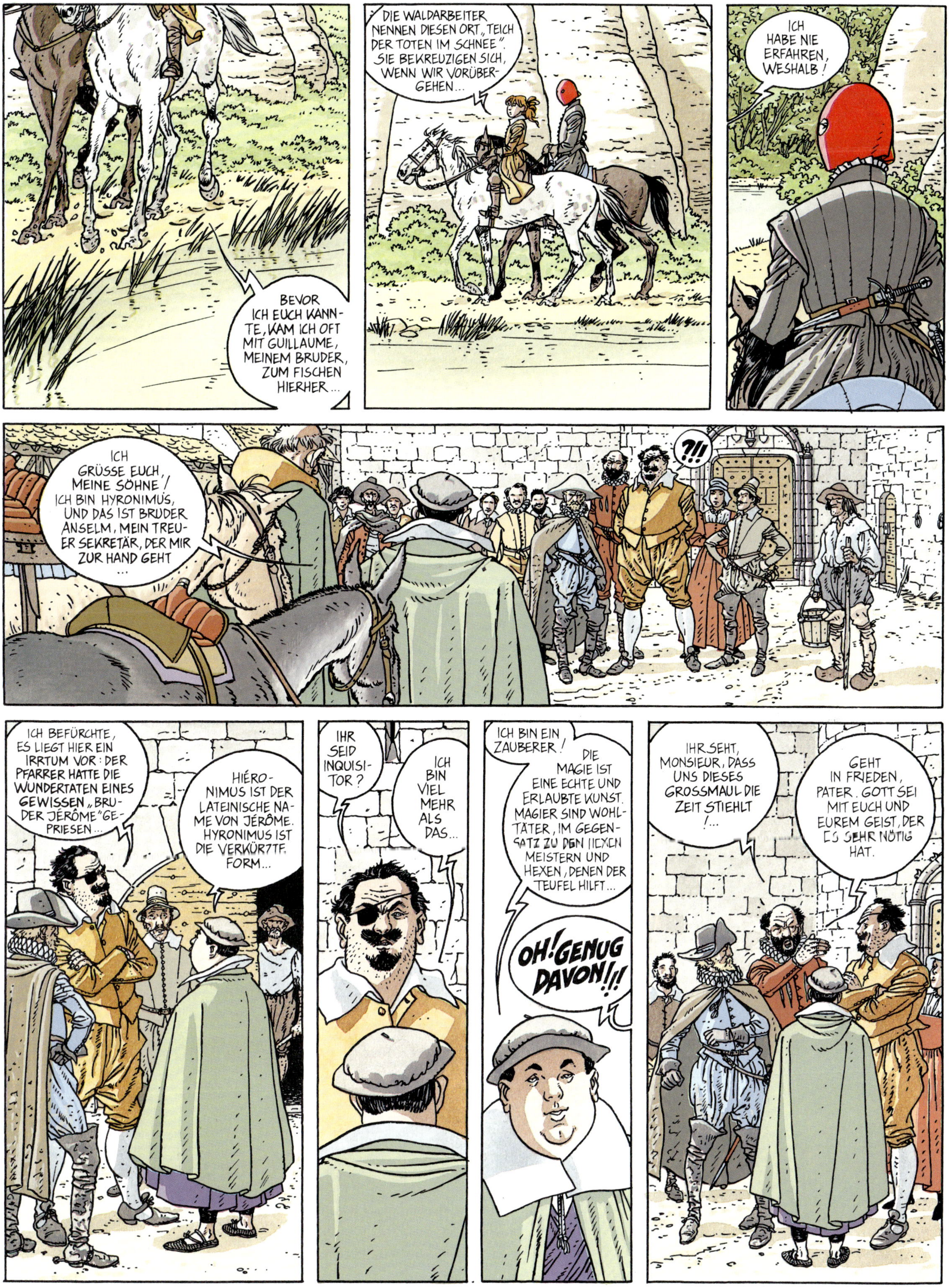
BEVOR ICH EUCH KANNTE, KAM ICH OFT MIT GUILLAUME, MEINEM BRUDER, ZUM FISCHEN HIERHER ...
DIE WALDARBEITER NENNEN DIESEN ORT „TEICH DER TOTEN IM SCHNEE". SIE BEKREUZIGEN SICH, WENN WIR VORÜBERGEHEN ...
ICH HABE NIE ERFAHREN, WESHALB!
ICH GRÜSSE EUCH, MEINE SÖHNE! ICH BIN HYRONIMUS, UND DAS IST BRUDER ANSELM, MEIN TREUER SEKRETÄR, DER MIR ZUR HAND GEHT ...
?!!
ICH BEFÜRCHTE, ES LIEGT HIER EIN IRRTUM VOR: DER PFARRER HATTE DIE WUNDERTATEN EINES GEWISSEN „BRUDER JÉRÔME" GEPRIESEN ...
HIÉRONIMUS IST DER LATEINISCHE NAME VON JÉRÔME. HYRONIMUS IST DIE VERKÜRZTE FORM ...
IHR SEID INQUISITOR?
ICH BIN VIEL MEHR ALS DAS ...
ICH BIN EIN ZAUBERER!
DIE MAGIE IST EINE ECHTE UND ERLAUBTE KUNST. MAGIER SIND WOHLTÄTER, IM GEGENSATZ ZU DEN HEXENMEISTERN UND HEXEN, DENEN DER TEUFEL HILFT ...
OH! GENUG DAVON!!!
IHR SEHT, MONSIEUR, DASS UNS DIESES GROSSMAUL DIE ZEIT STIEHLT! ...
GEHT IN FRIEDEN, PATER. GOTT SEI MIT EUCH UND EUREM GEIST, DER ES SEHR NÖTIG HAT.

ICH HABE NICHTS GEGEN SPASS, ABER ICH DULDE NICHT, DASS ER AUF MEINE KOSTEN GEHT!
WENN IHR ÜBER MICH ODER ETWAS, DAS MICH BETRIFFT, SPOTTEN WOLLT, DANN TUT DIES ZUMINDEST DISKRET, LACHT ZUR SEITE, WIE ES DIE ANTIKEN MASKEN TATEN ...
DU REDEST GUT, DICKWANST. DU GLAUBST WOHL, MIT DEINEM GESCHWAFEL FÄNGT UNSER GRAF SEINEN VOGEL.
MONSIEUR, ICH FÜRCHTE, EUER VERSTAND IST ZU BEGRENZT, UM MEINE WORTE VERSTEHEN ZU KÖNNEN ... !
ICH BITTE EUCH, EMPFEHLT EURE SEELE GOTT ...
DEN SÄBEL ERHIELT ICH VON EINEM HERRN AUS DEM FERNEN JAPAN. ER IST MIR EINE GROSSE HILFE, UM DIE DUMMKÖPFE ZU ÜBERZEUGEN ...
WAS !!! DU MÖCHTEST KÄMPFEN?
GEGEN MICH ?!!
IHR ZWINGT MICH DAZU ... !
GUT, UM SO SCHLIMMER FÜR DICH! DER VERSUCHUNG, DIE KLINGE ZU ZÜCKEN, KONNTE ICH NOCH NIE WIDERSTEHEN, BESONDERS, WENN MAN MICH SO FREUNDLICH AUFFORDERTE ...
EN GARDE, ALTES WALROSS!
ARGN!
IN NOMINE PATRIS ET FILII ...
VERDAMMT! ICH HABE SCHON ALLE MÖGLICHEN LEUTE INS JENSEITS BEFÖRDERT, ABER DIESE KAMPFART IST MIR NEU.

ENTSCHEIDE DICH, ODER DEINE STUNDE HAT GESCHLAGEN!
ET SPIRITUS SANCTI...
AMEN...!
DIESER ARME HOHLKOPF STARB, OHNE SEINE SÜNDEN ZU BEREUEN. ES TUT MIR LEID, DASS ICH DIESE SEELE NICHT RETTEN KONNTE, ABER GOTT WILL SIE WOHL NICHT...
HM... STEHT NICHT IN DER BIBEL: „DU SOLLST NICHT TÖTEN"?
!
GOTT WAR MIR GEGENÜBER IMMER TOLERANT...
DESHALB VERSTEHEN WIR EINANDER GUT...
NUN, DIESE VORFÜHRUNG HAT UNS VON EURER KOMPETENZ ÜBERZEUGT. ICH BIN BEREIT, DEN PREIS, DEN IHR FÜR DEN KOPF DES RAUBVOGELS FORDERT, ZU ZAHLEN.
ICH BRAUCHE KEIN GOLD...
ICH KÄMPFE ZUR EHRE GOTTES...
TAILLEFER HAT MIR DIE NEUESTEN EREIGNISSE BERICHTET... OFFENSICHTLICH HAT DER FALKE UNTER DEM VOLK VERBÜNDETE...
ICH VERMUTE, DASS ER MIT ARIANE DE TROÏL, DER TOCHTER MEINES NACHBARN, KONTAKT HAT. ER HAT IHR EINMAL GEGEN UNS GEHOLFEN...
IST DER KONTAKT FLEISCHLICHER ART? WIE ALT IST DIE KLEINE?

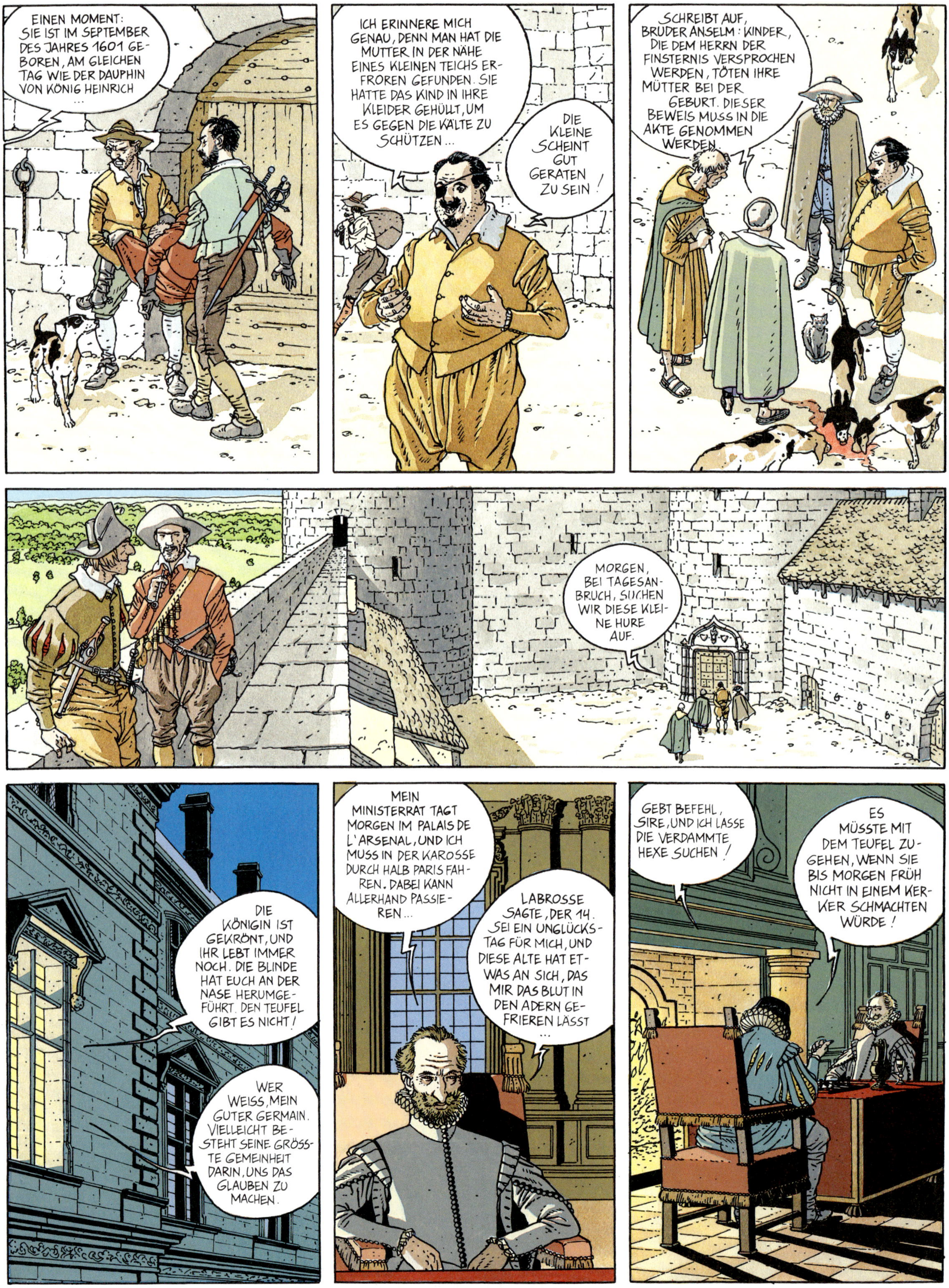
EINEN MOMENT: SIE IST IM SEPTEMBER DES JAHRES 1601 GEBOREN, AM GLEICHEN TAG WIE DER DAUPHIN VON KÖNIG HEINRICH ...
ICH ERINNERE MICH GENAU, DENN MAN HAT DIE MUTTER IN DER NÄHE EINES KLEINEN TEICHS ERFROREN GEFUNDEN. SIE HATTE DAS KIND IN IHRE KLEIDER GEHÜLLT, UM ES GEGEN DIE KÄLTE ZU SCHÜTZEN ...
DIE KLEINE SCHEINT GUT GERATEN ZU SEIN!
SCHREIBT AUF, BRUDER ANSELM: KINDER, DIE DEM HERRN DER FINSTERNIS VERSPROCHEN WERDEN, TÖTEN IHRE MÜTTER BEI DER GEBURT. DIESER BEWEIS MUSS IN DIE AKTE GENOMMEN WERDEN.
MORGEN, BEI TAGESANBRUCH, SUCHEN WIR DIESE KLEINE HURE AUF.
DIE KÖNIGIN IST GEKRÖNT, UND IHR LEBT IMMER NOCH. DIE BLINDE HAT EUCH AN DER NASE HERUMGEFÜHRT. DEN TEUFEL GIBT ES NICHT!
WER WEISS, MEIN GUTER GERMAIN. VIELLEICHT BESTEHT SEINE GRÖSSTE GEMEINHEIT DARIN, UNS DAS GLAUBEN ZU MACHEN.
MEIN MINISTERRAT TAGT MORGEN IM PALAIS DE L'ARSENAL, UND ICH MUSS IN DER KAROSSE DURCH HALB PARIS FAHREN. DABEI KANN ALLERHAND PASSIEREN ...
LABROSSE SAGTE, DER 14. SEI EIN UNGLÜCKSTAG FÜR MICH, UND DIESE ALTE HAT ETWAS AN SICH, DAS MIR DAS BLUT IN DEN ADERN GEFRIEREN LÄSST ...
GEBT BEFEHL, SIRE, UND ICH LASSE DIE VERDAMMTE HEXE SUCHEN!
ES MÜSSTE MIT DEM TEUFEL ZUGEHEN, WENN SIE BIS MORGEN FRÜH NICHT IN EINEM KERKER SCHMACHTEN WÜRDE!

MAN FOLTERT SIE, SIE GESTEHT, WIR LASSEN SIE VERBRENNEN, UND IHR HABT KEINE ANGST MEHR! DAS SPIEL IST GEWONNEN!
NEIN, GERMAIN, DIESER AUSGANG IST MEINER NICHT WÜRDIG...
ICH HABE IMMER DIE VERNUNFT ÜBER DEN ABERGLAUBEN GESTELLT. WENN ICH ZWEIFLE, DARF ICH ES NICHT ZEIGEN...
DER KÖNIG VON FRANKREICH MUSS ALS BEISPIEL DIENEN...
HM... SCHACHMATT, SIRE...
HM... ES... ES TUT MIR LEID...
DAS BRAUCHT ES NICHT!
ABER ICH HABE DIESES ALBERNE SPIEL SATT!
EH... ICH WOLLTE NICHT, DASS IHR DENKT, DASS ICH... EH... IM ÜBRIGEN WART IHR NICHT BEI DER SACHE... ES IST JA NUR EIN SPIEL...
SEHT DARIN KEIN BÖSES OMEN...

BAH ! REDEN WIR NICHT MEHR VON MIR, SONDERN VON DIR. GEFÄLLT DIR DAS SOLDATENLEBEN ?
ICH KANN MICH NICHT BEKLAGEN.
MIT ZWÖLF JAHREN TRAT ICH ALS TROMMLER IN EURE ARMEE EIN, NACHDEM MEINE FAMILIE VON FANATISCHEN PAPISTEN NIEDERGEMETZELT WORDEN WAR ...
ICH MUSSTE JA GELD VERDIENEN.
EINIGE JAHRE SPÄTER TRAT ICH IN DIE DIENSTE VON GABRIEL DE TROIL ...
... EINEM EURER BERÜHMTESTEN CAPITAINES, DEM BESTEN FECHTER VON FRANKREICH UND NAVARRA ...
ER HAT MIR ALLES ÜBER WAFFEN, FRAUEN UND DAS FLUCHEN BEIGEBRACHT ...
ER KONNTE WIE KEIN ANDERER GESCHICHTEN ERZÄHLEN ...
ER WAR SEHR REDEGEWANDT, EIN LUSTIGER KERL UND GROSSER VERFÜHRER !
VOR ZEHN JAHREN HAT ER SICH MIT SEINEM BRUDER ÜBERWORFEN, DA ER DIESEM HÖRNER AUFGESETZT HATTE ...
DER WERFE DEN ERSTEN STEIN, DER NOCH NIE MIT DEM GEDANKEN GESPIELT HAT, MIT SEINER SCHWESTER ODER DER FRAU SEINES BRUDERS ZU VÖGELN. ICH ERTEILE IHM ABSOLUTION.
WAS IST AUS IHM GEWORDEN ?
GABRIEL HATTE EINEN STARKEN GERECHTIGKEITSSINN, WAR IN ALLEM EXTREM. ICH GLAUBE, ER HAT SICH SELBST BESTRAFT ...
ES WIRD BEHAUPTET, ER SEI TOT, ABER ICH GLAUBE EHER, DASS ER SICH IRGENDWO VERKROCHEN HAT ODER BARFUSS SEINES WEGES ZIEHT ...
SCHADE, MÄNNER SEINER ART KÖNNTE ICH BRAUCHEN.

ICH SCHÜTZE EUCH, SIRE...
DER HIMMEL WIRD ES DIR LOHNEN, GERMAIN!
DU VERGEUDEST DEINE ZEIT, THIBAUD. ICH HABE MEINE TOCHTER IN DEN TURM GESPERRT, UND SIE KOMMT ERST HEUTE WIEDER RAUS...
ICH FÜRCHTE, MEIN SOHN, IHR HABT NICHT VERSTANDEN...
ICH WILL DIESES UNSELIGE KIND BEFRAGEN.
ICH GEHE ERST WIEDER, WENN ICH VOLL ZUFRIEDENGESTELLT BIN!
VERFLUCHTER PAPIST! WIE KANNST DU ES WAGEN, SO MIT MEINEM HERRN ZU SPRECHEN?!
GUILLAUME!
BLEIB RUHIG, GUILLAUME, WIR WOLLEN KEINE GEWALT!
GEWALT ODER NICHT, BARON, ICH GENIERE MICH NICHT, DIESEN PFAFFEN MIT EINEM FUSSTRITT HINAUSZUBEFÖRDERN...
RUNTER MIT DEN PFOTEN, DRECKSKERL!
IHR HABT IHN GETÖTET!
ER HAT ES SO GEWOLLT.
VATER, WIR MÜSSEN KÄMPFEN! DAS KÖNNT IHR NICHT DULDEN!

NEIN! GUILLEMOT! SIE METZELN DICH NIEDER! NEIN!
DIESER MANN IST EIN DÄMON! ER IST DER SCHLIMMSTE VON ALLEN!
ARG!
RÜHR DICH NICHT, ALTES WRACK!
LASST IHN LOS!
SACHTE, MEINE FREUNDE. DER ZORN DIESES KLEINEN ENGELS IST VERSTÄNDLICH. ER IST NOCH ZU JUNG, UM DURCH DAS GESTRÜPP VON GUT UND BÖSE DEN RICHTIGEN WEG ERKENNEN ZU KÖNNEN ...!
AAH!
SPERRT IHN IN EINEN KELLER, DAMIT ER IN RUHE NACHDENKEN KANN!
WAS MACHEN WIR MIT DEM ALTEN?
FÜR IHN REICHT EINE KETTE...
DURCHSUCHT ALLES! DAS BÖSE IST IN DIESEN MAUERN! ICH WEISS ES...
ICH FÜHLE ES...
STELLT ALLES AUF DEN KOPF, UND BRINGT MIR DIE KLEINE! ABER DALLI!

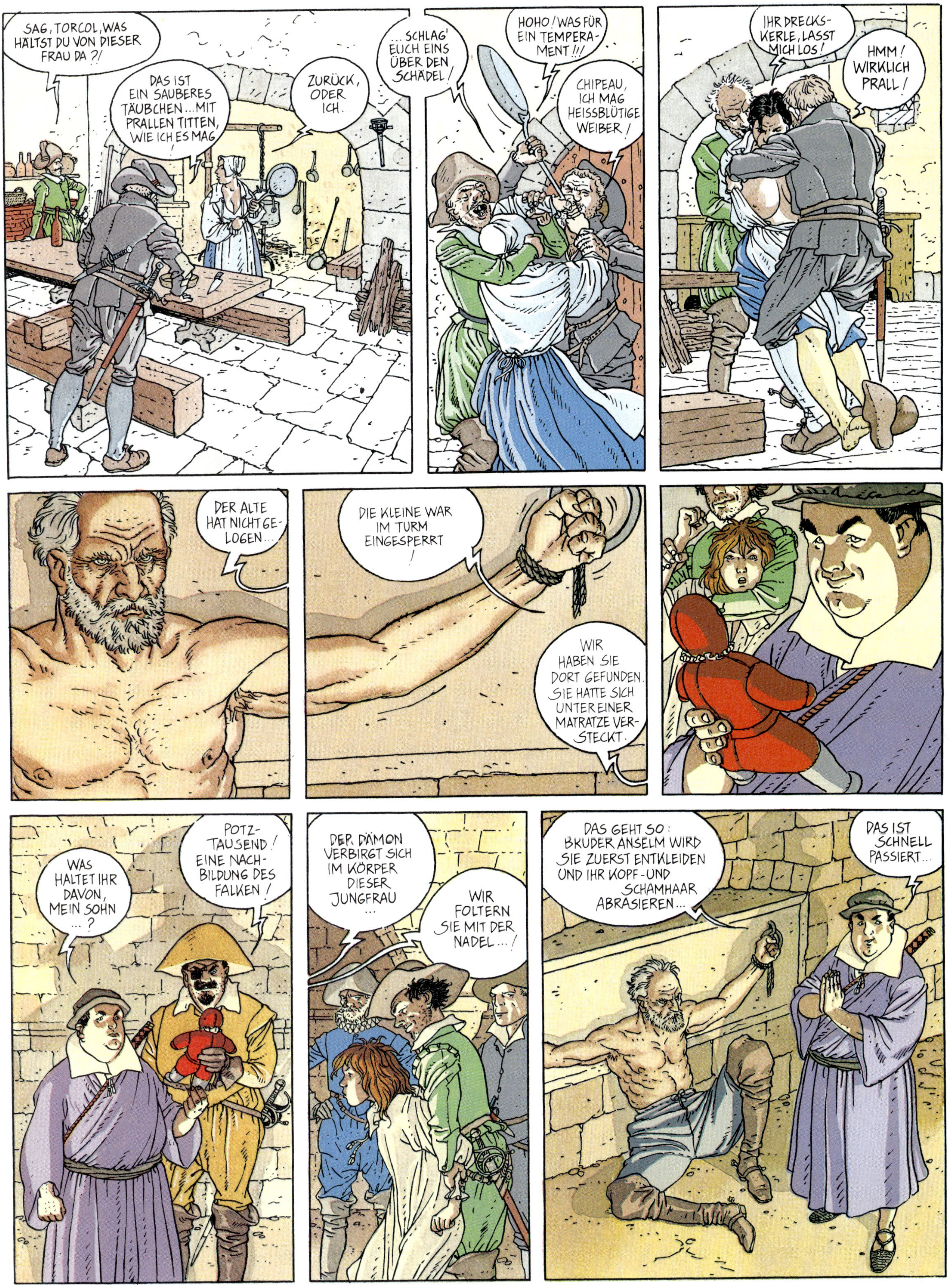
SAG, TORCOL, WAS HÄLTST DU VON DIESER FRAU DA ?!
DAS IST EIN SAUBERES TÄUBCHEN ... MIT PRALLEN TITTEN, WIE ICH ES MAG!
ZURÜCK, ODER ICH.
... SCHLAG' EUCH EINS ÜBER DEN SCHÄDEL!
HOHO! WAS FÜR EIN TEMPERAMENT!!!
CHIPEAU, ICH MAG HEISSBLÜTIGE WEIBER!
IHR DRECKSKERLE, LASST MICH LOS!
HMM! WIRKLICH PRALL!
DER ALTE HAT NICHT GELOGEN...
DIE KLEINE WAR IM TURM EINGESPERRT!
WIR HABEN SIE DORT GEFUNDEN. SIE HATTE SICH UNTER EINER MATRATZE VERSTECKT.
WAS HALTET IHR DAVON, MEIN SOHN ...?
POTZTAUSEND! EINE NACHBILDUNG DES FALKEN!
DER DÄMON VERBIRGT SICH IM KÖRPER DIESER JUNGFRAU ...
WIR FOLTERN SIE MIT DER NADEL...!
DAS GEHT SO: BRUDER ANSELM WIRD SIE ZUERST ENTKLEIDEN UND IHR KOPF- UND SCHAMHAAR ABRASIEREN...
DAS IST SCHNELL PASSIERT...

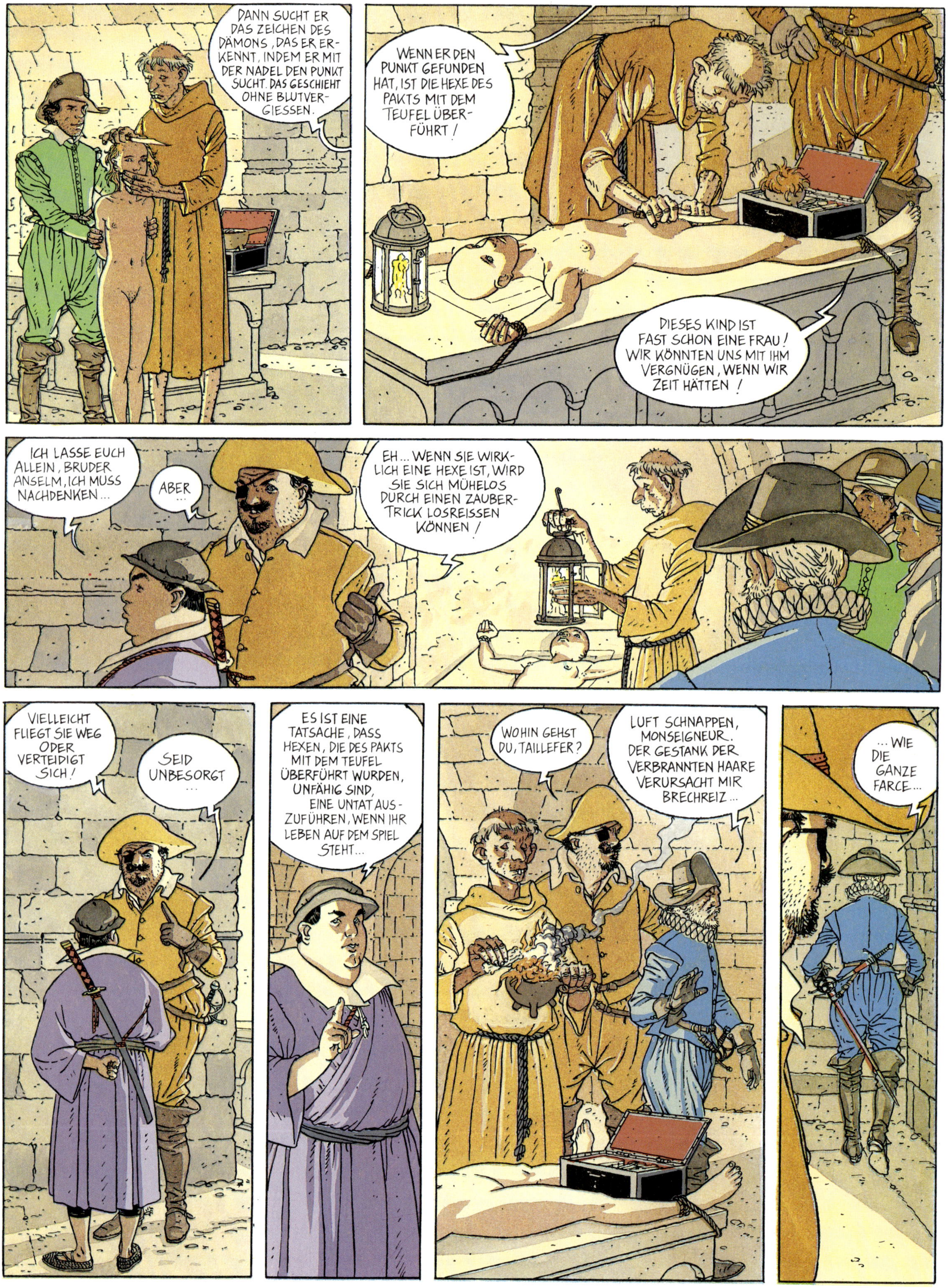
DANN SUCHT ER DAS ZEICHEN DES DÄMONS, DAS ER ERKENNT, INDEM ER MIT DER NADEL DEN PUNKT SUCHT. DAS GESCHIEHT OHNE BLUTVERGIESSEN.
WENN ER DEN PUNKT GEFUNDEN HAT, IST DIE HEXE DES PAKTS MIT DEM TEUFEL ÜBERFÜHRT!
DIESES KIND IST FAST SCHON EINE FRAU! WIR KÖNNTEN UNS MIT IHM VERGNÜGEN, WENN WIR ZEIT HÄTTEN!
ICH LASSE EUCH ALLEIN, BRUDER ANSELM, ICH MUSS NACHDENKEN...
ABER...
EH... WENN SIE WIRKLICH EINE HEXE IST, WIRD SIE SICH MÜHELOS DURCH EINEN ZAUBERTRICK LOSREISSEN KÖNNEN!
VIELLEICHT FLIEGT SIE WEG ODER VERTEIDIGT SICH!
SEID UNBESORGT...
ES IST EINE TATSACHE, DASS HEXEN, DIE DES PAKTS MIT DEM TEUFEL ÜBERFÜHRT WURDEN, UNFÄHIG SIND, EINE UNTAT AUSZUFÜHREN, WENN IHR LEBEN AUF DEM SPIEL STEHT...
WOHIN GEHST DU, TAILLEFER?
LUFT SCHNAPPEN, MONSEIGNEUR. DER GESTANK DER VERBRANNTEN HAARE VERURSACHT MIR BRECHREIZ...
...WIE DIE GANZE FARCE...

MEINE HUNDE SIND GANZ AUFGEREGT ...
SIE HABEN WOHL EIN TIER GEWITTERT, EIN GROSSES TIER.
EIN HIRSCH! DEN WILL ICH!
NEIN, MONSIEUR, AN EIN SO GROSSES WILD KÖNNT IHR EUCH NOCH NICHT HERANWAGEN!
UND ZUDEM BENÖTIGEN WIR DAFÜR EINE RICHTIGE MEUTE!
ICH WERDE ZEHN UND BIN GROSS GENUG, UM JAGEN ZU KÖNNEN, WIE ICH WILL, OHNE ...
...GEWÖHNLICHE DIENER UM RAT FRAGEN ZU MÜSSEN!
UND ICH BIN STARK GENUG, UM GANZ ALLEIN DIESES GEHÖRNTE TIER ERLEGEN ZU KÖNNEN!
HIRSCHE HABEN KEINE HÖRNER!
SIE TRAGEN EIN GEWEIH!
SCHLUSS DAMIT! GEWEIH! WENN PAPA IM HIMMEL IST, WERDE ICH KÖNIG...
...UND SORGE DAFÜR, DASS MAN MIR GEHORCHT.
HERR, ICH HABE NICHTS GEFUNDEN.
HAT UNS DIE UNSELIGE DEN NAMEN IHRES DÄMONEN UND SEINEN AUFENTHALTSORT GESTANDEN?

NEIN, HERR. DIE KLEINE IST EIGENSINNIG WIE ZEHN MAULESEL. DIE KRAFT, DIE IN IHR WOHNT, BEUNRUHIGT MICH ...!
JE GERISSENER DER TEUFEL IST, UM SO STÄRKER ERWEIST SICH GOTTES KRAFT!
WIR WERDEN DAS ARME GESCHÖPF HIERHERBRINGEN UND ES MIT FEUERZANGEN BEHANDELN, DAMIT ES EINEN VORGESCHMACK AUF DIE HÖLLE BEKOMMT, DIE IHM SICHER IST...
IHR SEID ZU GÜTIG, HERR! UND WAS SOLL ICH MIT DEM VATER MACHEN? ER FÜHRT SICH WIE EIN WILDER AUF!
ER SOLL BEI DEM SCHAUSPIEL ZUSEHEN. DOCH GEBT ACHT, DASS SEINE FESSELN HALTEN!
ICH GEHE AUF JAGD. ÖFFNET DAS FENSTER, UND KITZELT DAS MÄDCHEN. ES GENÜGT, DASS SIE DURCH IHR GEBRÜLL DEN FALKEN ANLOCKT UND ICH LEICHTES SPIEL HABE...
DER TEUFEL UNTERNIMMT IM ALLGEMEINEN NICHTS UM SEINE KOMPLIZEN ZU RETTEN. IHR HABT SELBST GESAGT, DASS DER TEUFEL UNDANKBAR SEI.
SO IST ES, BRUDER ANSELM, DOCH DAS IST KEIN GEWÖHNLICHER TEUFEL...

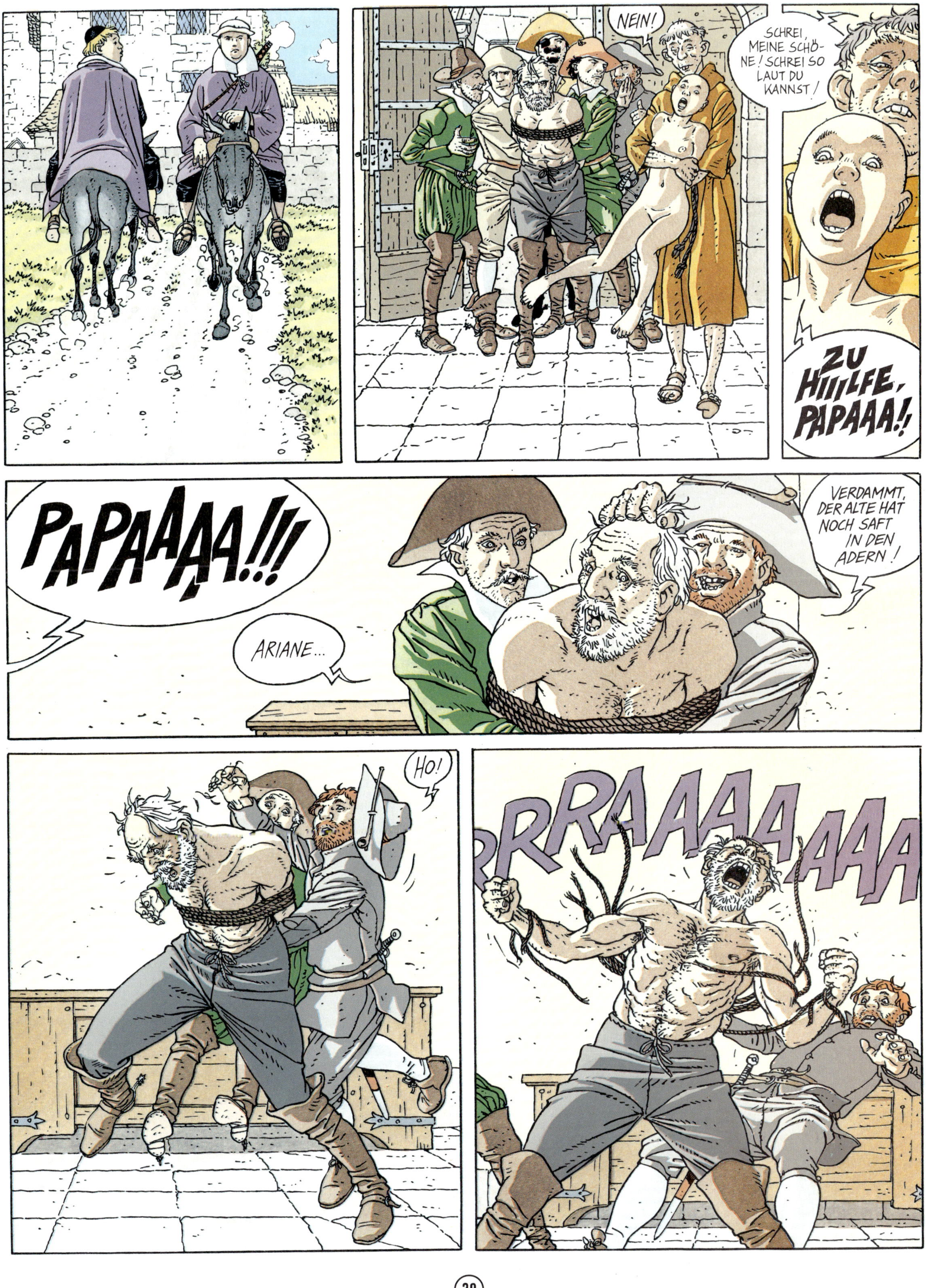
NEIN!
SCHREI, MEINE SCHÖNE! SCHREI SO LAUT DU KANNST!
ZU HIIILFE, PAPAAA!
PAPAAAA!!!
ARIANE...
VERDAMMT, DER ALTE HAT NOCH SAFT IN DEN ADERN!
HO!
RRRAAAAAAAA

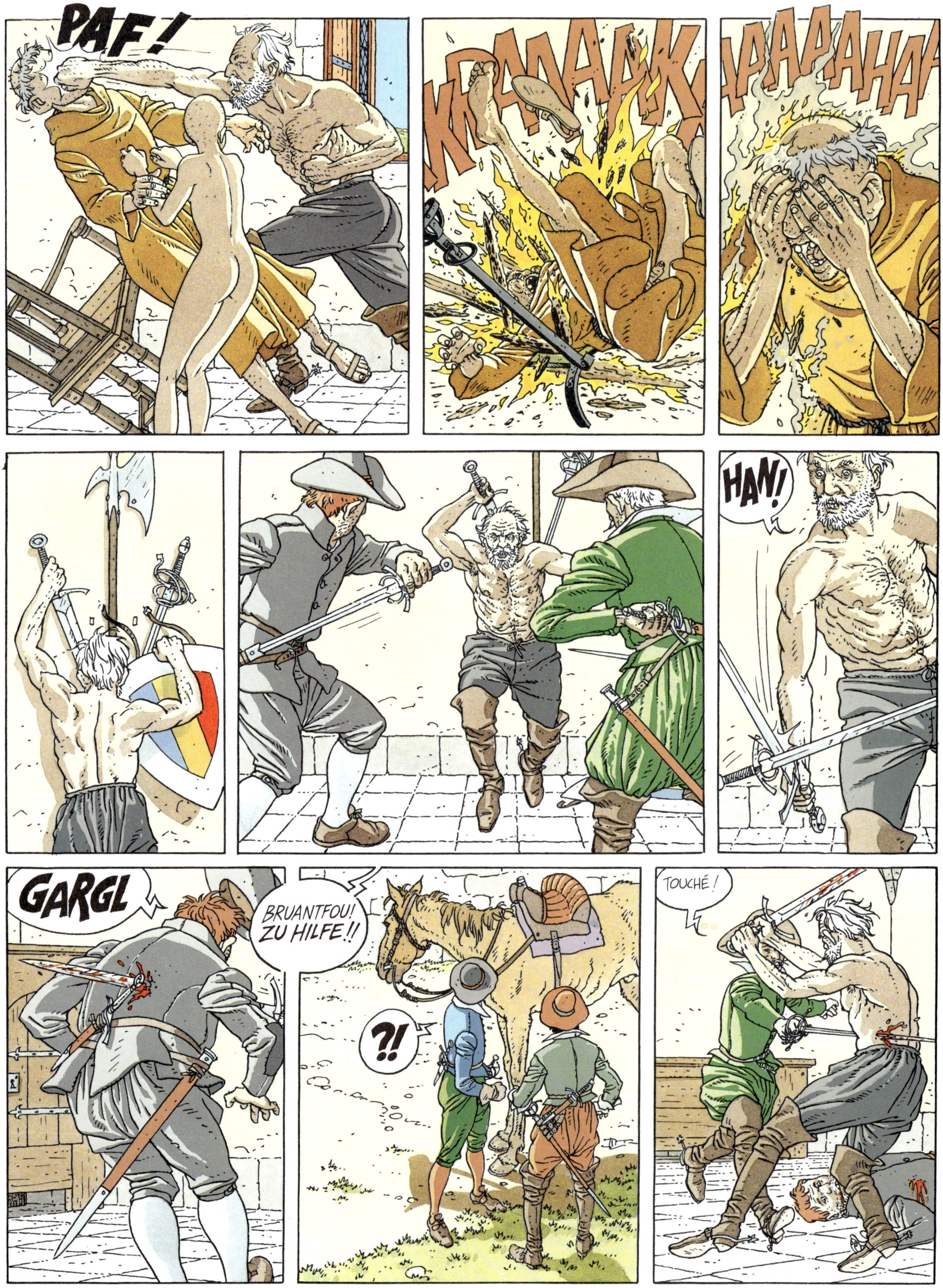
PAF!
KRAAAAAK
AAAAAAAH
HAN!
GARGL
BRUANTFOU! ZU HILFE!!
?!
TOUCHÉ!

?!
PAN
YVON, DU...DU WIRST NICHT...
AAAAAAH!
MARIE!

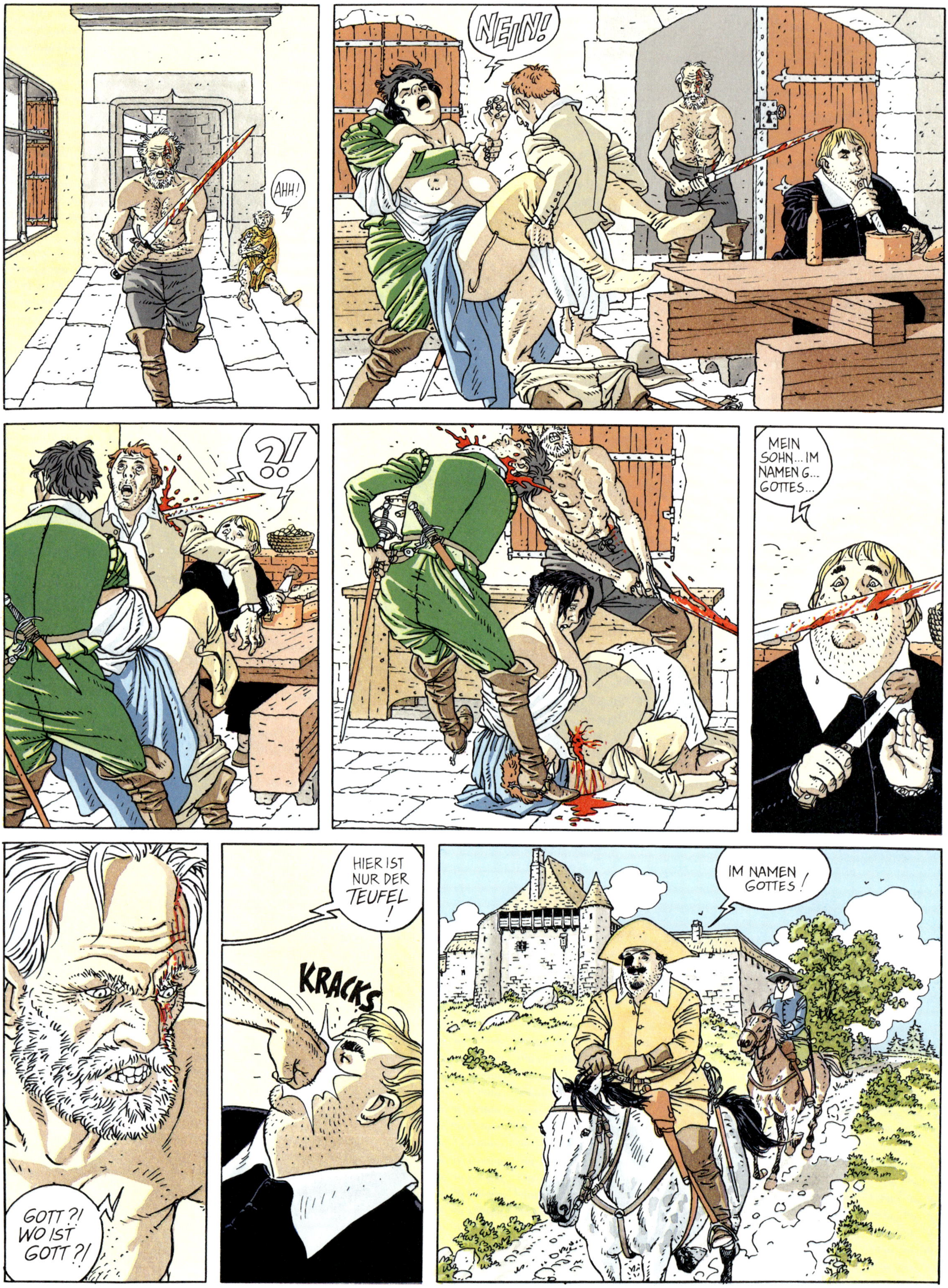
AHH!
NEIN!
?!
MEIN SOHN... IM NAMEN G... GOTTES...
GOTT?! WO IST GOTT?!
HIER IST NUR DER TEUFEL!
KRACKS
IM NAMEN GOTTES!

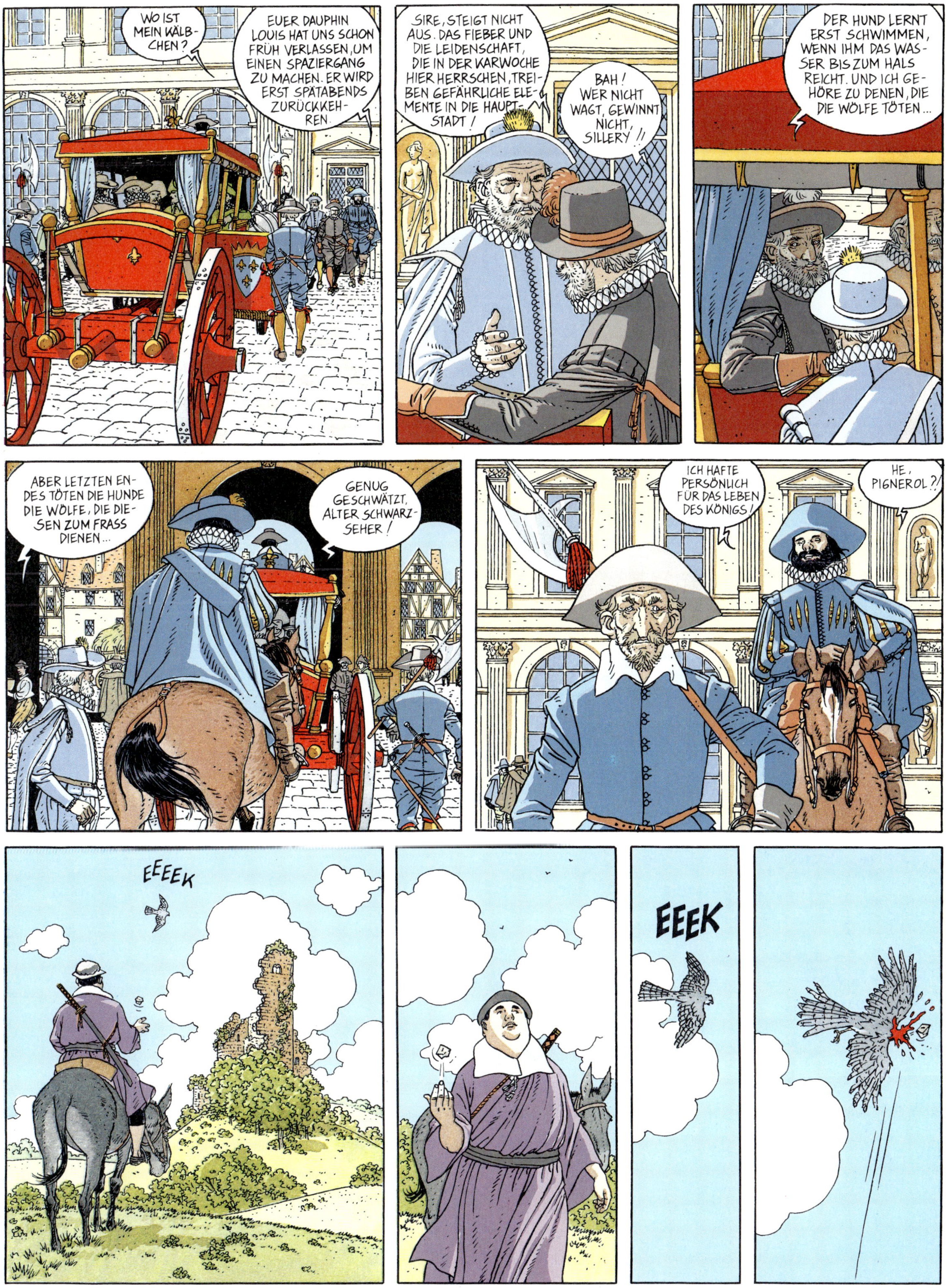
WO IST MEIN WÄLBCHEN?
EUER DAUPHIN LOUIS HAT UNS SCHON FRÜH VERLASSEN, UM EINEN SPAZIERGANG ZU MACHEN. ER WIRD ERST SPÄTABENDS ZURÜCKKEHREN.
SIRE, STEIGT NICHT AUS. DAS FIEBER UND DIE LEIDENSCHAFT, DIE IN DER KARWOCHE HIER HERRSCHEN, TREIBEN GEFÄHRLICHE ELEMENTE IN DIE HAUPTSTADT!
BAH! WER NICHT WAGT, GEWINNT NICHT, SILLERY!!
DER HUND LERNT ERST SCHWIMMEN, WENN IHM DAS WASSER BIS ZUM HALS REICHT. UND ICH GEHÖRE ZU DENEN, DIE DIE WÖLFE TÖTEN...
ABER LETZTEN ENDES TÖTEN DIE HUNDE DIE WÖLFE, DIE DIESEN ZUM FRASS DIENEN...
GENUG GESCHWÄTZT, ALTER SCHWARZSEHER!
ICH HAFTE PERSÖNLICH FÜR DAS LEBEN DES KÖNIGS!
HE, PIGNEROL?!
EEEEK
EEEK

LANG LEBE DER KÖNIG!
GOTT SCHÜTZE DEN KÖNIG!
HOCH LEBE UNSER KÖNIG!
DIE WÜRFEL SIND GEFALLEN. DER FLUSS FLIESST STROMABWÄRTS, DER MENSCH ERFÜLLT SEIN SCHICKSAL...
WER SEID IHR, MONSIEUR?
ICH SUCHTE EUCH, MONSIEUR. EURE FLÜGEL SIND UNVERSEHRT. ICH HÄTTE EUCH BESTIMMT NICHT GEFUNDEN.
ICH BIN ETWAS ENTTÄUSCHT, DENN ICH HATTE ANGENOMMEN, IHR WÜRDET EUREN BEWUNDERERN SOFORT ZU HILFE EILEN...
WER SEID IHR, MONSIEUR?
EIN BESCHEIDENES WERKZEUG DER GÖTTLICHEN GERECHTIGKEIT...
HABT KEINE ANGST, MEIN SOHN.
SEHT, SIRE, GANZ PARIS LÄCHELT EUCH ZU!
ICH SEHE NUR GRIMASSEN UND...
POTZ BLITZ!
?!...

DA IST WIEDER DIE VERFLUCHTE ALTE! SIE SCHEINT NUR FÜR MICH DA ZU SEIN ...!
MEINE NETZE SIND GESPANNT, UND MEINE SIEBEN UNVORSICHTIGEN SIND GEFANGEN ...
ER TAUMELT!
SIE GLAUBEN, SIE HÄTTEN DIE FÄDEN IN DER HAND, DABEI SIND SIE IN WIRKLICHKEIT NUR MARIONETTEN IN DEN GESCHICKTEN HÄNDEN DES HERRN DER VÖGEL ...
ES IST JETZT ZEIT, DREIMAL AUF DEN BODEN ZU KLOPFEN, DAMIT SICH DER ÄLTESTE VON IHNEN EMPFEHLEN KANN ...
LÉONARD „FLINKE ZUNGE" IST IMMER NOCH IM GEFÄNGNIS ... ICH HABE MEIN WORT NICHT GEHALTEN ... ICH BIN EIN ELENDER!
?
DIE STIMME EINES VERURTEILTEN MAG WOHL GEHÖRT WERDEN, DOCH SEINE WORTE SIND LEER!
NEIN! ES IST NICHT ZU SPÄT!
GERMAIN !!!

JA, SIRE!
WIRST DU WOHL AUS DEM WEG GEHEN, DU WEINFASS?
ICH TU', WAS ICH KANN, SCHMUCKER SOLDAT!
GERMAIN, KOMM HER, ICH MUSS DIR WAS SAGEN!
MAN HATTE MICH GEWARNT, DASS IHR KEIN GEWÖHNLICHER FEIND WÄRET ... MAN HATTE UNTERTRIEBEN! DIESER KAMPF GEREICHT MIR UND GOTT, DER MEINEN ARM STÄHLT, ZUR EHRE!
TCHAC
DOCH WIR MÜSSEN ZU ENDE KOMMEN. ... ICH BEFREIE EUCH VON DEM BÖSEN, DAS EUCH QUÄLT, ICH BIN DER HÜTER DES GEWISSENS ...

HÜTET EUCH, MONSIEUR, DER ALTE HIRSCH IST NOCH NICHT ERLEDIGT!
VERZEIH MIR, MEIN SOHN, DOCH ICH WILL NUR DEIN BESTES!
ICH BEFREIE DICH VON DER HÄRESIE, DIE DEINEN KOPF VERWIRRT HAT.
AAAH! ICH BIN VERLETZT!
ICH SCHNEIDE DIR DIESEN KOPF AB UND BEFREIE DEINEN GEIST. AUSSER GOTT GIBT ES KEINEN FREIEN GEIST!
UM DEN SCHMERZ ZU STILLEN, BRAUCHT DER GROSSE HIRSCH DIE AUSSICHT AUF EIN PARADIES...
...ODER ZUMINDEST DIE HOFFNUNG AUF GLÜCK IN DEN HIMMLISCHEN WÄLDERN...

ENDE DES 4. TEILS